Simona Morani
Ziemlich alte Helden

Simona Morani
Ziemlich alte Helden

Roman

Aus dem Italienischen
von Anja Nattefort

carl's books

Die Originalausgabe erschien 2015 unter dem Titel
Quasi arzilli bei Giunti, Mailand.

Der Verlag weist ausdrücklich darauf hin, dass im Text
enthaltene externe Links vom Verlag nur bis zum Zeitpunkt
der Buchveröffentlichung eingesehen werden konnten.
Auf spätere Veränderungen hat der Verlag keinerlei Einfluss.
Eine Haftung des Verlags ist daher ausgeschlossen.

Dieser Roman ist reine Fiktion.
Etwaige Ähnlichkeiten mit realen Personen
und Gegebenheiten wären rein zufällig.

Das Zitat auf Seite 5 stammt mit freundlicher Genehmigung aus:
Daniel Pennac, *Paradies der Ungeheuer*. Aus dem Französischen von Eveline
Passet. © 2001, Verlag Kiepenheuer & Witsch GmbH & Co. KG, Köln.

Verlagsgruppe Random House FSC® N001967

2. Auflage
Copyright © 2015 Giunti Editore S.p.A., Firenze – Milano
Per accordo di Thèsis Contents S.r.l., Firenze – Milano
www.giunti.it
Copyright © der deutschsprachigen Ausgabe 2017
by carl's books, München,
in der Verlagsgruppe Random House GmbH
Neumarkter Str. 28, 81673 München
Umschlaggestaltung: semper smile, München
Satz: Uhl + Massopust, Aalen
Druck und Bindung: CPI books GmbH, Leck
Printed in Germany
ISBN 978-3-570-58563-4

www.carlsbooks.de

*»Also habe ich versucht wieder einzuschlafen.
Was mir gelungen sein muss, denn ich bin
heute Morgen aufgewacht.«*

Daniel Pennac, *Paradies der Ungeheuer*

PROLOG

Albtraum im Mondschein

Es war ein harter, rhythmischer, abweisender Ton. Wo er herkam, ob von links oder rechts, von weither oder aus der Nähe, konnte Ettore nicht sagen. In dieser Finsternis war es unmöglich, sich zu orientieren. Als würde jemand zügig im Takt marschieren, obwohl es auch irgendwie hölzern klang. Da, plötzlich hörte das Geräusch auf. Und jetzt setzte es mit einem dumpfen Echo wieder ein. Ettore versuchte sich zurechtzufinden, doch sein Schädel fühlte sich so schwer an, als hätte er zwei Tage durchgeschlafen. Nein, das waren keine Schritte, das waren Knöchel, die auf etwas einhämmerten. Auf eine Tür oder ein Möbelstück. Und es war auch gar nicht so weit entfernt, wie er zunächst dachte, ganz im Gegenteil (übrigens, wie spät war es wohl?). Es schien, als klopfe jemand unmittelbar vor ihm, nur wenige Zentimeter entfernt. Zöge man eine imaginäre Linie vom Ausgangspunkt des Geräuschs zu seinem Körper, würde sie ihn genau auf Höhe seines Bauchnabels treffen. Aber wo war er? Gab es hier denn kein Licht? Stand er, oder lag er? Er wollte die Arme ausbreiten, doch es ging nicht. Er wurde von zwei Wänden eingeengt, die seine Bewegungsfreiheit einschränkten. Und wenn die Fingerknöchel an eine Tür vor ihm klopften, na, dann konnte das nur heißen, dass er sich in einem winzigen Zimmer befand. Oder in einem Schrank. Oder an irgendeinem anderen schrecklich klaustrophobischen Ort. Vielleicht in einem Sarg? Aber wie war er dort bloß hineingeraten?

»Aufwachen! Aufwachen!« Von der anderen Seite der Tür rief ihn jemand. »Wann kommst du endlich raus? Nun mach schon!« Er erkannte die Stimme sofort. Sie klang hell, kräftig und entschieden. Es war die Stimme seines Freundes Ermenegildo.

»Ermenegildo, was machst du denn hier? Wie spät ist es?«, fragte er verblüfft. Eine mehr als verständliche Reaktion, schließlich war Ermenegildo, den er noch vor nicht allzu langer Zeit zusammen mit den anderen Kameraden in der Bar getroffen hatte, vor ein paar Tagen von ihnen gegangen... für immer.

Ettores Herz begann wild zu schlagen. Mit einem Schrei wachte er endlich auf. Obwohl er schweißgebadet war, fror er; die Kälte fuhr ihm bis in die Knochen. Er machte Licht und sah, dass er in seinem Bett lag, im Schlafzimmer, in der wirklichen Welt. Die Uhr zeigte drei Uhr vierzig. Noch über zwei Stunden bis zum Tagesanbruch, aber er würde bestimmt nicht wieder einschlafen können. Nicht nach so einem Albtraum.

Ermenegildo hatte ihn zu sich gerufen, ins Reich der Toten. Aber warum ausgerechnet ihn? Er dachte an seine Kumpel aus der Bar, die aus unterschiedlichen Gründen den Vortritt verdient hätten. Gino war viel älter als er, Riccardo hatte ein ausschweifendes Leben geführt, und Basilio mit seinem tyrannischen Wesen... Ettore rieb sich das Gesicht. Was war nur in ihn gefahren? Vor lauter Scham und schlechtem Gewissen verspürte er erste Anzeichen von Unwohlsein: ein Beklemmungsgefühl in der Brust, Sehstörungen und so ein seltsames Jucken in der rechten Kniekehle. Er zog sich die Jacke über und ging hinaus frische Luft schnappen. Die Blätter an seinen Weinreben, die im Mondlicht silbrig glänzten, schaukelten leicht im Wind. Ettore fühlte sich gleich besser.

Das wird schon nichts Schlimmes sein, beruhigte er sich, nur eine leichte Ohnmacht oder niedriger Blutdruck. Bald würde der Tag anbrechen, dann würde er seinen gewohnten Abstecher in die Bar machen. Er würde tun, was er immer getan hatte, denn es gab keinen Grund, etwas daran zu ändern. Eventuell würde er mal beim Arzt vorbeischauen, nur so, vorsichtshalber. Er konnte sich nicht einmal mehr erinnern, wann er das letzte Mal einen Arzt aufgesucht hatte. Von Ärzten und Krankenhäusern bekam er Ausschlag. Schon als er klein war, hatte seine Mutter immer gesagt: »Ich war kerngesund, bis ich beim Arzt war.«

Doch dieser Traum von Ermenegildo ließ ihn nicht mehr in Ruhe. Eine kurze Untersuchung würde doch niemandem schaden. Ja, beschloss er, dieses eine Mal würde er zum Arzt gehen.

I

Eine harmlose Wette

»Ich tippe auf Iole.«

»Wenn ihr mich fragt, ist es Greta.«

»Iole.«

»Und ich sage euch, es ist Greta, was wetten wir?«

»Einen Kaffee mit Sambuca, dass sie es ist.«

»Greta?«

»Iole!«

»Abgemacht!«

In der verqualmten Bar donnerte seine Faust auf den Tisch und wirbelte den Geruch von Kaffee, abgestandenem Wein, Zigarren und Kölnisch Wasser durcheinander. Als das schiefe Läuten der sonntäglichen Glocken verklungen war, drangen wieder Absatzgeklapper, Gezeter, quietschende Fahrradbremsen und Hundegebell von der Straße herein.

»Was muss ich da schon wieder hören?« Ettore bahnte sich einen Weg an den über Stuhllehnen baumelnden Sakkos vorbei und setzte sich zu seinen Gefährten an den Tisch. »Wenn Don Giuseppe das mitbekommen würde, wäre er nicht sehr erfreut.«

Er bekreuzigte sich rasch und bestellte durch ein kurzes

Nicken das Übliche. Elvis spülte noch ein paar Gläser fertig, bevor er ihm mit tropfnassen Händen sein Viertel Roten servierte.

Die Stimmung war im Keller, die Partie Briscola wurde nur halbherzig und ohne große Begeisterung weitergespielt.

»Also, was machen wir jetzt?«, grummelte Cesare gereizt.

»Na, wir müssen nachsehen.« Begleitet von lautstarkem Protest beendete Gino die Partie, indem er seine Karten auf den Tisch schleuderte. Dann stand er wie in Zeitlupe auf und schlurfte in den Hof der Bar. Dort baute er sich für alle Passanten gut sichtbar auf und inspizierte die Schatten, die ihn umgaben. Da jegliche Drohworte und Flüche ausblieben, schloss er auf die Abwesenheit von Corrado, dem neuen Jungspund der Gemeindepolizei, und steuerte daher ungestört die Garage hinter der Bar an. Dort stieg er in ein wassergrünes und von Rost geädertes Gefährt, seine geliebte alte Ape.

Er hatte sie im Winter 1994 gekauft, nachdem die Straßenverkehrsbehörde ihm nach einer medizinischen Untersuchung endgültig bescheinigt hatte, dass er eine öffentliche Gefahr sei und sie ihm nicht einmal für Geld, ganze Schinken oder Parmesanlaibe die Fahrerlaubnis erteilen würden. Danach hatte er all seinen Mut zusammengenommen, sich schon im nächsten Morgengrauen zum Schrottplatz begeben und gewartet, bis Domenichini das Tor öffnete. Ein Berg von bereits gepressten Autos im Endstadium, viele nicht mehr zu erkennen, andere vom Leben gezeichnet: eine lange Narbe an der Wagentür, ein verblichener Wunderbaum-Aufhänger, ein mit dem Zeigefinger an die Windschutzscheibe geschmiertes »Auch du wirst eines Tages sterben«. Dann konnten sie genauso gut zusammen krepieren, sagte sich Gino und verharrte am Steuer seines fuchsbraunen Pandas.

»Was ist, willst du nicht aussteigen?«, fragte Domenichini, nachdem er das Tor geöffnet hatte.

»Nein. Ohne Auto hat mein Leben keinen Sinn mehr. Wir gehören beide zum alten Eisen«, zischte Gino bissig.

Es folgten Tritte, Stöße und Handgreiflichkeiten, weil Gino sich mit Händen und Füßen dagegen wehrte, den Wagen zu verlassen, bis Domenichini die Erleuchtung kam.

»Guck mal, das Auto da drüben. Siehst du das?«

»Nein, ich bin blind. Lass mich sterben.«

»Ich meine die Ape da hinten, neben dem Geländewagen.«

»Was ist damit?«

»Genauso eine harte Nuss wie du. Sieben Besitzer, vier Unfälle, zweimal geklaut und wieder aufgetaucht. Die hat fünfzehn Länder durchquert und hundertachtzigtausend Kilometer auf dem Buckel, aber der Motor schnurrt noch immer wie eine Eins. Nimm sie mit, ich schenke sie dir, aber hör um Gottes willen auf, vom Sterben zu sprechen!«

»Und was ist mit meinen Papieren?«

»Vergiss die Papiere. Ich gebe dir einen Wisch für deinen Panda, beim Straßenverkehrsamt existierst du dann nicht mehr.«

Als sie sich die Hand gaben, beschlich Domenichini eine böse Ahnung: Er hatte zwar ein Leben verlängert, doch damit viele andere in Gefahr gebracht.

»Diese Signorina auf drei Rädern wird dich noch überdauern, wirst schon sehen.« Mit dieser prophetisch klingenden Warnung verabschiedete er sich schließlich von ihm.

Gino beugte sich vor, tastete mit seinem schwieligen Daumen das Armaturenbrett nach dem Schlitz ab und stocherte vergeblich mit dem Schlüssel herum. Vorbei die guten Zeiten, wo Sandra, die junge Altenpflegerin von der Gemeinde, ihm zweimal die Woche unter die Arme griff und das Zündschloss mit einem feuerroten Filzstift einrahmte. Eines schönen Tages hatte sie gesagt: »Allein schaffe ich das nicht mehr, Gino. Sie brauchen professionelle Hilfe, und zwar rund um die Uhr. Das neue Seniorenheim wird doch demnächst eröffnet, wäre das nichts für Sie?« Worauf er sie – ZACK! – vor die Tür gesetzt und nie wieder hereingelassen hatte. Und die Folgen seiner Borniertheit bündelten sich nun in diesem rosafarbenen Filzstiftkringel, der inzwischen viel zu blass und undeutlich war, um eine wirkliche Hilfe zu sein.

»Komm, gib her, ich mach das!« In seiner jovialen Art hatte Basilio, ehedem Kommandant der sechsundzwanzigsten Garibaldi-Brigade, seinen Strubbelkopf ins Innere des kleinen Autos gesteckt, um sich mit seinen Raubvogelklauen die Schlüssel zu krallen. Gino fuchtelte mit den Armen, um ihn zu verjagen. »Ah, hau ab, du Nervensäge! Seit zwanzig Jahren bringe ich die Karre sechsmal täglich zum Laufen, das krieg ich schon noch allein hin!«

»Aber bestimmt nicht mit deinem Hausschlüssel.« Eine sanfte Stimme hatte sich eingemischt. Gino drehte den Kopf zur Seite, und diesmal erschien das verschwommene Gesicht von Ettore am Fenster, der ihn mit seinem fürsorglichen und geduldigen Blick ansah. Hinter ihm in frommer Erwartung die Köpfe von Basilio, Cesare und Riccardo. Wutschnaubend und mit großer Geste ließ er den Motor der alten Kiste aufheulen. Ein Rülpser aus dem Jenseits, der Basilios Brust vor Stolz anschwellen ließ: Den Motor hatte nämlich *er* frisiert.

Anders als man vermuten könnte, hatte er das keineswegs getan, um Corrado auf die Palme zu bringen. Sein Überlebensinstinkt hatte ihm eingeflüstert, mit irgendeinem Kniff dafür zu sorgen, dass die Dorfbewohner Ginos unmittelbares Kommen hören und sich rechtzeitig in Sicherheit bringen konnten.

»Und, was ist? Hinten ist noch Platz, soll ich einen von euch Eseln mitnehmen?«

»Fahr ruhig alleine, wir warten so lange hier auf dich«, antworteten sie fast im Chor und traten einen großen Schritt zur Seite.

Gino jagte sie mit einer zittrigen Handbewegung zum Teufel, löste die Handbremse und kroch unter lautem Reifenquietschen bis zum höchsten Punkt der Steigung. Von dort ließ er sich gemütlich die engen Kurven des Berghangs hinunterrollen.

Der frische Frühlingswind strömte durch die Seitenfenster und kraulte ihm seinen Flausenkopf. Das weiße Zottelhaar kitzelte Gino in den Ohren, und seine buschigen Augenbrauen, die ihm den feierlichen Ausdruck einer alten Eule verliehen, hingen ihm vor den Augen wie Gardinen. Er fuhr am Zeitungskiosk vorbei, an der Tankstelle und am Obst- und Gemüseladen, der seit dem Ableben des alten Ermenegildo wegen Geschäftsübergabe geschlossen war. Als er plötzlich das kristallklare Lachen seines kürzlich verstorbenen Kumpels hörte, als säße er leibhaftig neben ihm, bekam er augenblicklich Herzrasen.

Mit Mühe und Not schaffte er es gerade noch auf den Parkplatz vor der Geschäftsstelle des Roten Kreuzes, wo er, von einer Staubwolke verschluckt, mitten in einem Gestrüpp zum Stehen kam. Kurz darauf stand er wie ein kraftloser Zombie schwankend vor der großen Anschlagtafel und studierte die Aushänge und Ankündigungen von Volksfesten.

Auf dem kleinen Vorplatz jagten sich drei Jungen kreischend und gackernd mit dem Ball, um plötzlich wie Schaufensterpuppen in wackeligen Positionen zu erstarren.

»He, Kleiner!« Gino rief nach dem Jungen, der ihm am nächsten stand.

Keine Antwort.

»He, dich meine ich!«

»Ich heiße Michela!«, empörte sich das Mädchen und löste sich aus der Erstarrung. Die beiden anderen prusteten los.

»Ah!« Gino rieb sich die verklebten Augen, sah aber immer noch die Umrisse eines Jungen in kurzen Hosen, der ihn an seinen Sohn Nicola vor fünfzig Jahren erinnerte. An die Zeit, als Schwarz-Weiß-Fotos noch einen verschnörkelten Rand hatten wie hausgemachte Ravioli und die Straße, die ihn hierhergeführt hatte, kaum mehr war als ein Haufen Steine.

»Kannst du schon lesen, Michelina?«

»Klar, ich bin in der dritten Klasse«, erwiderte sie leicht pikiert. Hinter ihr war erneutes Kichern und Prusten zu hören.

»Gut. Dann sag mir mal, was da oben steht«, forderte Gino sie auf und zeigte auf die Bekanntmachungen. Die Kinder verstummten augenblicklich. Michela nickte, trat zwei Schritte vor, räusperte sich und las:

»Iole Dolci, verwitwete Lorenzi, dreiundachtzig Jahre. Die traurige Nachricht verkünden ihre Schwester Greta, ihre Söhne Fernando und Ignazio, ihre Cousins Paolo und Giambattista, ihre Enkeltöchter Gisella, Berenice und Cosetta im Namen aller Angehörigen. Trauerfeier am Dienstag um 15 Uhr in der Chiesa di Santo Stefano.«

Gino senkte den Kopf und schloss einige Sekunden lang die Augen, als sei er schlagartig in eine Art Winterschlaf gefallen. Die Kinder blickten sich fragend an, bis plötzlich ein melancholischer Seufzer der Resignation dem Alten wieder Leben einzuhauchen schien.

Er schluckte bitter und sagte schließlich: »Gut gemacht, Michelina. Hast schön gelesen. Jetzt könnt ihr weiterspielen.«

Er ging zurück zu seiner Ape, die unerklärlicherweise zur Hälfte unter einem verhedderten Wust aus Buchsbaum und Alteisen begraben war. Er drehte sich um, steckte zwei Finger in den Mund und gab einen Pfiff zum Besten, der einen ganzen Taubenschwarm aufscheuchte.

Die alte Cordelia, die schlimmste Dorftratsche von Le Casette di Sotto, versteckte sich am Küchenfenster hinter den Gardinen und beobachtete, wie der Alte und die Kinder die Ape von dem Grünzeug befreiten, Gino dann einstieg und die Kinder die Schrottlaube mit krummen Rücken anschoben, bis der Motor dankbar aufstöhnte, sie in eine stinkende Abgaswolke hüllte und mitten auf der Straße zurückließ.

Auf dem Rückweg fuhr Gino dieselbe Strecke in umgekehrter Richtung und kämpfte sich die Kurven und die kurzen geraden Abschnitte dazwischen den Berg hinauf wie ein Lachs auf seiner letzten Reise gegen die Strömung. Oben angekommen bog er, ohne zu blinken, auf den Platz vor der Bar ein, fuhr um das Haus herum auf Elvis' bereits offen stehende Garage zu und flehte den Herrgott an, dass er die Lücke auch diesmal erwischte.

Als sie das unverwechselbare Dröhnen hörten, liefen seine Kumpel aus der Bar in den Hof und begannen, mit den

Schuhsohlen kräftig durch den Kies zu schlurfen, um schnell jede Spur der Ape zu verwischen. Cesare rückte sich die Brille auf der Nase zurecht, ging an die Straße, schaute prüfend nach links und rechts und stieß einen Seufzer der Erleichterung aus.

»Alles in Ordnung, Jungs, die Luft ist rein!«

Sie umringten ihn voller Neugier, endlich zu erfahren, wer die Wette gewonnen hatte, für die sich jeder von ihnen im Grunde seines Herzens ein wenig schämte.

»Und, ist es Greta oder Iole?« Fünf Augenpaare musterten ihn ungeduldig.

Gino zögerte, stützte einen Arm in die Seite und renkte seinen Rücken mit einem beeindruckenden Knarzen wieder ein. Er blinzelte, knirschte mit dem Unterkiefer, massierte sich den Nacken, bohrte sich mit dem Zeigefinger erst in dem einen, dann in dem anderen Ohr, um seine Gedanken zu sammeln, und brachte schließlich einen langen, von katarrhartigem Husten begleiteten Ächzer hervor.

»Mist!« Er schlug sich mit der flachen Hand gegen die Stirn. »Ich hab's vergessen!«

2

Ein schwieriger Patient

»Der Nächste!«

Ettore erhob sich von seinem Stuhl und gab das Kärtchen mit der Nummer siebenundzwanzig ab. Er nahm immer den letzten der von Hand beschriebenen Zettel vom Stapel, die Dottor Minelli vorbereitet hatte, um Streitereien im Wartezimmer zu vermeiden. Er betrat das Untersuchungszimmer auf Zehenspitzen, um nicht zu stören, obwohl er der letzte Patient war. Er kam absichtlich immer erst gegen halb zehn, wenn der Warteraum schon voll war, denn so konnte er den Vormittag auf kurzweilige Art totschlagen und die Zuwendung einer jungen Frau, die Unschuld eines Kindes und das fröhliche Rascheln der Seiten bunter Illustrierter genießen, die von rot lackierten Zeigefingern durchgeblättert wurden.

Gelegentlich saß er neben Orvilla der Katzenfrau, einer Alten mit knotigen Händen voller Narben, die krampfhaft den Griff ihres Transportkäfigs umklammerten. Darin hockte gewöhnlich irgendeine ausgemergelte Katze, die Orvilla von Dottor Minelli behandeln lassen wollte, obwohl der sie regelmäßig wieder nach Hause schickte. Dieser Käfig war eine Art Multifunktionsgerät, das ihr wahlweise als Handtasche,

Einkaufskorb, Wäschetonne, Werkzeugkiste und Ähnliches diente. Nicht selten schloss sie sich dem Geschwafel von Cordelia und den anderen Giftschleudern an, um die Wartezeit totzuschlagen. Ettore ignorierte ihre dummen Lästereien. Er wollte den wertvollen Augenblick, den er hier in Gesellschaft anderer verbrachte, nicht mit hässlichen Gedanken verderben; die kamen noch früh genug, wenn Dottor Minelli die letzte Nummer für den Vormittag aufrief und er in sein Sprechzimmer schlüpfte.

»Guten Tag, Ettore, setzen Sie sich. Wie geht es uns denn heute Morgen?«

»Na ja, man soll ja nicht klagen«, seufzte er als Antwort und ließ sich auf dem Stuhl gegenüber nieder.

Der Geruch von Desinfektionsmittel erfüllte den Raum. Der Tischkalender zeigte wieder eine Zahl mehr als gestern, was den erleichterten Ettore daran erinnerte, dass ein weiterer Tag begonnen hatte und er abermals ein Teil davon war. Doch der feine weiße Sand rieselte so unvermeidlich und ohne jede Aussicht auf ein Innehalten oder eine Umkehr durch die Sanduhr, die so nackt da oben auf dem Regal stand, ohne Zahlen und Wörter oder andere weltliche Bezüge, dass es ihm in den Wangen kribbelte und ganz schwindlig wurde. Er wandte den Blick ab und knöpfte sich den Hemdsärmel auf.

»Nein, lassen Sie die Knöpfe ruhig zu. Gestern war der Blutdruck einwandfrei, wir warten noch ein bisschen, bevor wir ihn wieder messen.«

Ettore nickte gehorsam und streifte den Ärmel wieder glatt.

»Wie war die Nacht?«

»Eine Panikattacke, eine einzige. Gegen vier.«

Dottor Minelli stützte sein Kinn auf die gefalteten Hände.
»Und was haben Sie dagegen getan?«

Ettore zückte sein kariertes Taschentuch und begann, nervös daran herumzuzupfen.

»Ich habe mal eine *neue* Technik ausprobiert.« Er wartete verstohlen die Reaktion seines Arztes ab. »Die habe ich selbst erfunden.«

»Ach, wirklich?«, der Arzt richtete sich in seinem Ledersessel auf, um anschließend umso tiefer in der Lehne zu versinken.

»Ja«, bestätigte Ettore schüchtern, »ich habe das Licht angemacht und versucht, mich auf alle möglichen Gegenstände zu konzentrieren.«

Praktisch das genaue Gegenteil von dem, was Dottor Minelli ihm geraten hatte. Doch schon der bloße Gedanke daran hatte ihm einen eiskalten Schauer über den Rücken gejagt, obwohl der Rat seines Arztes auf den ersten Blick vollkommen lächerlich wirkte: Er hatte ihm empfohlen, im Dunkeln und in absoluter Stille mit den Händen auf dem Bauch dazuliegen, tief durchzuatmen und sich auf den eigenen Herzschlag zu konzentrieren. Tu-tum... tu-tum... tu-tum... tu-tum... Er hatte es nicht einmal bis zum fünften Herzschlag geschafft, da hatten ihn heftige Stöße in seinem Brustkorb aus dem Bett gejagt, so, als wäre in seinem Inneren ein unsichtbares wildes Tier aufgewacht, das mit allen vieren strampelte, um sich aus einer Falle aus menschlichen Rippen zu befreien.

Von Panik ergriffen und kaltes Gift schwitzend hatte er sich an den Lichtschalter gekrallt und zwanzig Minuten gebraucht, um sich wieder zu beruhigen. Tolle Methode! Dieser Neuling war doch der reinste Kurpfuscher!

Aber genau in diesem Moment, als er sich erst an die Leselampe, dann an den Nachttisch geklammert, anschließend die kalte, raue Wand abgetastet und die glatte Oberfläche des Schranks gefühlt hatte, genau da war ihm die Idee mit den Gegenständen in den Sinn gekommen. Die beruhigende, solide Beschaffenheit der vertrauten Möbelstücke und Dinge ringsum hatte ihn langsam ins Hier und Jetzt zurückgeholt, in den Kosmos des Materiellen und menschliche Dimensionen von Zeit. Also tastete, schnupperte und forschte er weiter, bis sein Rundgang durch das Haus wieder genau an seinem Ausgangspunkt endete, in seinem Schlafzimmer. Er schlüpfte unter die noch warme Bettdecke und starrte mit aufgerissenen Augen seine leuchtende Leselampe an, die er erst beim Morgengrauen ausschaltete.

»Und hat Ihnen das geholfen?«

»Es ist etwas besser geworden... aber schlafen konnte ich trotzdem nicht«, gab er gesenkten Hauptes zu.

Der Arzt nickte mit aufeinandergepressten Lippen, dann zeichnete er in einem Zug zwei Halbkreise, die auf den ersten Blick den Flügeln einer Möwe oder einem halben Herz ähnelten. In Wirklichkeit handelte es sich um die stilisierte Darstellung des runden, goldbraunen und butterweichen Hinterns von Marilena, mit der Minelli einen leidenschaftlichen Sonntag verlebt hatte.

Sie waren ohne konkretes Ziel ganz früh mit dem Motorrad in die Berge aufgebrochen und hatten um die Mittagszeit den Gipfel erreicht, als die Sonne über dem Katzenwelssee Diamanten zu verstreuen schien. Dort hatten sie in einem rustikalen Wirtshaus zu Mittag gegessen, zwischen dem süßen Bukett der Geranien und dem deftigen Aroma vom Grill. Nach dem Zitronensorbet hatte Marilena sich entschuldigt und war in der Damentoilette verschwunden, um die Motorradkleidung gegen ein ziemlich knappes Baumwollkleidchen einzutauschen. Sie waren über die kahlen Wege gewandert, bis sie einen Felsen fanden, hinter dem sie ungestört waren. Dort hatte Marilena den Rock angehoben, unter dem sie zur großen Verwunderung von Dottor Minelli nichts weiter trug. Er hatte kaum Zeit, einen Blick aus der Nähe zu riskieren, da saß sie auch schon rittlings auf ihm, obwohl jeden Moment jemand vorbeikommen konnte.

»Hörst du das?«

»Was?«

»Ich glaube, da kommt wer!«

Also sorgte sie mit wenigen, präzise abgezirkelten Hüftkreisen dafür, dass er kam, brach noch keuchend in Gelächter aus und nannte ihn »verrückter Kerl!«, als wäre es nicht ihre eigene Idee gewesen. Allein bei dem Gedanken daran spürte Dottor Minelli, wie sich in seiner Hose eine heftige Erektion anbahnte, die er zu unterdrücken versuchte, indem er sich auf Ettores einzigen Zahn konzentrierte, der hier und da zwischen den Worten aufblitzte.

»Hm, verstehe. Haben Sie gestern Abend etwas Leichtes gegessen?«

»Minestrone wie immer, habe ich doch gerade gesagt, Dottore.«

»Ja, richtig. Und was ist mit Baldrian?«

»Nehm ich nicht mehr«, gab Ettore zu. »Ich habe festgestellt, dass mich das so duselig macht, also Schluss damit. Ich bleibe lieber klar im Kopf.«

»Aber dann kann es ja nicht besser werden«, ermahnte Minelli ihn mit väterlicher Strenge, obwohl er Ettores Sohn sein konnte, wenn nicht gar sein Enkel.

Er nahm die Brille ab und versuchte, einen nicht zu forschen Ton anzuschlagen: »Trinken Sie wenigstens einen Melissen-, Lindenblüten- oder Kamillentee, wenn Sie schon keine Medikamente nehmen wollen.«

Ettore nickte matt, um ihn zufriedenzustellen, und beschloss zu gehen. Was konnte der schon über ihn und über seinen Kummer wissen? Er war zu jung, um ihn zu verstehen. Wie dumm von ihm, sich jeden Tag aufs Neue Hoffnungen zu machen! Aber obwohl er das schon gestern und vorgestern gedacht hatte, war er heute trotzdem wieder hergekommen, um ihm Dinge zu erzählen, die er nicht verstehen konnte.

»Wissen Sie, dass ich im ganzen Haus nur dreiundsechzig Sachen gezählt habe? Nach vierundachtzig Lebensjahren. Kein großer Reichtum, was?«

Die Worte rutschten ihm einfach so heraus, sie klangen fast etwas schrill, weil er gleichzeitig den Kloß im Hals herunterzuschlucken versuchte, und waren an die Tür gerichtet, die er gleich mit dem Hut auf dem Kopf schweren Herzens durchschreiten würde, um erneut dem niederträchtigen Leben dort draußen die Stirn zu bieten.

»Und wissen Sie, was mir am meisten wehgetan hat?«, fragte er, um das Schweigen zu überbrücken.

»Sagen Sie's mir«, ermunterte ihn Minelli.

»Dass es alles *meine* Sachen waren. Der kleine Topf, in dem ich mir die Minestra warm mache, der Holzlöffel, mit dem ich sie umrühre, das Rasiermesser, ein Kamm, die zwei Anzüge im Kleiderschrank. Ich brauche nicht mal mehr eine Zahnbürste.«

Sein kurzes Stocken war von einer tiefen Betrübnis erfüllt. Er faltete die Hände.

»Wenn ich einmal abtrete, werde ich nichts hinterlassen, weder Wertgegenstände noch Erinnerungen. Aber am schlimmsten ist, dass niemand da sein wird, um meine wenigen Habseligkeiten einzusammeln. Als hätte es mich nie gegeben.«

Der Arzt ging auf ihn zu, nachdem er einen kurzen Blick auf die Uhr geworfen hatte.

»Ettore, Sie müssen sich damit abfinden. Ermenegildo war krank, aber Sie sind kerngesund, Sie haben noch viele... also, noch einige gute Jahre vor sich.«

Als Ettore den Namen seines Freundes hörte, verfinsterte sich seine Miene, und er hob die Hand, um Minelli zu unterbrechen.

»Ich möchte nicht mehr darüber sprechen...«

»Wie Sie meinen, allerdings glaube ich, dass...«

»Apropos, Herr Doktor, ich habe ganz vergessen, Ihnen zu sagen, dass ich mich gestern Abend versehentlich auf eine Wespe gesetzt habe, und jetzt ist mir an der rechten Pobacke ein *sooo* großer Hubbel gewachsen«, fiel Ettore plötzlich ein. »Möchten Sie ihn noch anschauen, oder machen wir das morgen?«

Dottor Minelli verdrehte die Augen und lotste den Alten mit ausgestrecktem Arm zur Tür hinaus.

»Ehrlich gesagt bin ich jetzt zum Mittagessen verabredet... Tut es denn sehr weh?«

»Na ja, es geht.«

»Eins nach dem anderen, Ettore. Um den Hubbel kümmern wir uns dann also morgen.«

3

Ein leichtes Opfer

Corrado, der Dorfpolizist, stand vor dem verwaisten Schreibtisch, spielte mit seiner Dienstmarke und wartete auf den Bürgermeister. Der hatte ihn zu sich gebeten, damit sie gemeinsam ein Resümee seines ersten Dienstjahres im Ort ziehen konnten. Von Zeit zu Zeit stemmte er die Hände in die Hüften und drehte eine nervöse Runde durch den kleinen Raum. Dabei grübelte er über sein Leben nach und über die Veränderungen, die der Umzug in die Berge mit sich gebracht hatte. Er betrachtete seine schicke Uniform, die schmal geschnittene Hose, den weißen Schultergürtel, die goldglänzenden Knöpfe an der Jacke. Es war, als hätte allein schon das Tragen einer Uniform einen anderen aus ihm gemacht. Er fühlte sich tatsächlich wie ein ganz anderer Mensch, und dennoch ließen die Früchte seiner Arbeit auf sich warten.

Wie er so dastand in der Mitte des leeren Raums, kam ihm eine Szene aus der vierten Klasse seiner Grundschulzeit in den Sinn: er in einer Ecke des Klassenzimmers kniend, während seine Kameraden mit dem Finger auf ihn zeigten und ihn wegen seines Habsburger Kinns und seiner Boxernase auslachten. Auf der Mittelschule kam dann noch die Brille dazu und auf der Oberschule die Akne, was seinem Selbstvertrauen den Rest gab. Selbst als die Schulzeit längst vorbei war und das ästhetische Trauerspiel der Pubertät langsam nachließ, konnte er die Erinnerung daran nie ganz abschütteln, nicht einmal als berufstätiger Mann. Er hatte sich als Vertreter versucht, aber die Unsicherheit, die ihm aus jeder Pore trat, brachte die Kunden instinktiv dazu, ihn auf übelste Weise fortzujagen. Später war er in einem Transportunternehmen gelandet, doch der Chef hatte vom ersten Tag an kapiert, dass er ihn nach Belieben tyrannisieren konnte, und machte ihm das Leben zur Hölle. Vor einhalb Jahren hatte er schließlich diesen folgenreichen Anruf von seinem Onkel Goffredo bekommen, der Bürgermeister eines verschlafenen Nestes in den Wäldern des Apennins war. Am Telefon hatte Zio Goffredo gesagt: »Wenn du ein bisschen lernst und dich bei der Prüfung nicht völlig blöd anstellst, gehört der Posten bei der Gemeindepolizei dir.« Er musste dafür seine kleine Industriestadt im Tal verlassen und in die ländliche Bergregion ziehen, aber was man ihm dort in Aussicht stellte, war schon sehr verlockend: die Macht, Befehle zu erteilen, und die Gewissheit, dass sein Gegenüber sie zu befolgen hatte.

Die positive Wirkung seiner neuen Rolle konnte er bereits unmittelbar nach seiner Ankunft beobachten. Kaum trat er mit dem noch nicht getrockneten Stempel in seinem Dienstausweis aus dem Rathaus, wandte sich auch schon eine kleine weibliche Gesandtschaft aus dem Dorf an ihn: Cordelia und ihre Clique waren fest entschlossen, ihm die Ehre zu erweisen, indem sie ihr gesamtes Wissen mit ihm teilten.

Corrado setzte sich auf das Mäuerchen des Denkmals für die Kriegsopfer, stützte die Arme auf die Knie und ließ sich von ihnen einweisen. Die weißhaarige Delegation wusste zu berichten, dass in einer Bar namens La Rambla eine Horde übler Tattergreise ihr Unwesen trieb. Mit dem Einverständnis des Besitzers hätten sie sich in dem Lokal eingenistet und würden andere, vor allem Frauen und Kinder, vergraulen, gegen das Rauchverbot verstoßen, Unmengen an Alkohol konsumieren und den Großteil ihrer Renten beim Kartenspiel verprassen.

Für seine erste offizielle Amtshandlung pickte Corrado sich einen dieser Saufkumpane heraus, bei dem er leichtes Spiel zu haben glaubte: Gino, ein fast erblindeter Sechsundneunzigjähriger, der mit seiner Ape die Straßen unsicher machte und weder Führerschein noch Kfz-Versicherung besaß.

Bislang hatte sich hier noch niemand die Mühe gemacht, für Recht und Ordnung zu sorgen, aber er, Corrado, war nicht bereit, sich auf Kompromisse einzulassen, und hatte sich in den Kopf gesetzt, das Fahrzeug zu beschlagnahmen und dem Alten eine saftige Geldstrafe aufzubrummen, an die er sich zeit seines Lebens erinnern würde – und sei die noch so knapp bemessen. Schluss mit dem Schlendrian! Die Welt gehörte der Jugend!

Ihn auf frischer Tat zu ertappen, erwies sich allerdings als erstaunlich schwierig. Körperlich war Gino eindeutig im Nachteil, dafür genoss er jedoch einen Heimvorteil, und das schon ziemlich lange, sodass es ihm seit Corrados Ankunft vor einem Jahr gelungen war, ihn zu meiden wie die Pest. Der Polizist hatte sich mittlerweile so auf Gino eingeschossen, dass er jedes Mal, wenn die Dorftratsche »Da hinten ist er!« rief, alles stehen und liegen ließ und nach da hinten eilte. Und jedes Mal, wenn die Dorftratsche »Da vorne ist er!« rief, ließ er alles stehen und liegen und eilte nach da vorne. Doch jedes Mal, wenn er den Ort des Verbrechens erreichte, war da nichts als eine große Staubwolke und vielleicht noch ein Bauer mit einer Mistgabel in der Hand, der ihn hinter seinem Rücken verspottete.

Es sah ganz so aus, als versuchte auch diese kleine unbedeutende Gemeinschaft von Bergbewohnern, ihn an seiner Selbstverwirklichung zu hindern. Doch im Gegensatz zu früher verfügte er nun über die Macht des Gesetzes, und er war entschiedener denn je, sich kraft seines Amtes durchzusetzen.

»Dein Onkel hat angerufen. Er kommt eine halbe Stunde später.«

Corrado hob sein vorstehendes Kinn und sah das blasse Gesicht der Sekretärin im Türrahmen. Dieser vertrauliche Ton gefiel ihm gar nicht. Es gab keinen Grund, ihn so respektlos zu behandeln und überall hinauszuposaunen, dass er mit dem Bürgermeister verwandt war. Streng genommen war er im Dienst, etwas mehr Ehrfurcht vor der Uniform durfte man da schon verlangen.

»Noch eine halbe Stunde kann ich aber nicht warten«, antwortete er mit ebenso lauter Stimme, um das Gefälle in der Hierarchie deutlich zu machen.

»Dreh doch eine Runde und komm dann wieder«, entgegnete die Sekretärin forsch.

Corrado schnaubte, überlegte, was er tun sollte, und trabte schließlich von dannen, wobei er entnervt mit dem Kopf schüttelte, wie jemand, der furchtbar viel zu tun hat und durch die Schuld eines anderen wertvolle Minuten verliert.

Äußerst widerwillig begab er sich auf Streife durchs Dorf, doch als er die Rambla-Bar erblickte, kam ihm die Schnapsidee, ihr einen kleinen Überraschungsbesuch abzustatten. Er näherte sich achtsam, um nicht schon aus der Ferne erkannt zu werden. Als er auf dem Kiesweg im Hof Spuren entdeckte, musste er jedoch kurz stehen bleiben, einen Moment nur, aber lang genug, um den bedrohlichen Schatten seiner Uniform auf das Fenster der Bar zu werfen.

Basilio erblickte ihn als Erster: »Verflixt, da ist Corrado!«, zischte er durch die Zähne. »Los, Beeilung!«

Sie bildeten eine Kette und reichten die bis zum Rand mit Kippen gefüllten Aschenbecher bis zum Tresen weiter, wo Elvis sie eilig im Mülleimer entsorgte und mit Kaffeesatz bedeckte. Anschließend wedelten sie wild mit den Armen, um den Zigarettengestank zu vertreiben.

Riccardo gab sich größte Mühe, einen seiner legendären Megafürze abzusetzen. Nichts. Es kam keiner, wie immer, wenn man sie einmal brauchte. Inzwischen hatte Corrado die Tür geöffnet und fixierte sie einen nach dem anderen mit siegessicherem Blick.

»Warum stinkt das hier denn so nach Rauch?« Seine donnernde Stimme verlor sich im Qualm.

»Welcher Rauch?«, fragten sie fast einstimmig mit Unschuldsmiene und schnüffelten angestrengt.

»Riccardo, riechst du was?«, fragte Basilio erstaunt.

»Nein. Du, Cesare?«

»Ich auch nicht. Absolut nichts.«

»Das muss mein Toaster sein, mit dem stimmt was nicht...«, entschuldigte sich Elvis und öffnete das kleine Fenster hinter der Theke.

»Von wegen Toaster! Erzähl keinen Blödsinn!« Corrado begann die Tische nach Kippen abzusuchen. »Die Luft hier drinnen ist zum Schneiden, als hätte es gebrannt. Schämen solltet ihr euch!«

Er umrundete ihren Stammtisch und erkannte den gekrümmten, nach vorne gebeugten Oberkörper von Gino, der die ganze Zeit über keinen Mucks von sich gegeben hatte.

»Und du, wie hast du es eigentlich hierhergeschafft, Gino? Wo hast du die alte Schrottkiste versteckt?«, stichelte er.

»Ich weiß gar nicht, wovon du redest«, kam es heiser von einem trüben Schatten im Dunkeln. Das kollektive Gelächter versetzte Corrados Stolz einen Stich.

»Das weißt du ganz genau!«, hob er die Stimme und lief vor Wut rot an. »Ihr wisst alle, wovon ich rede.« Er trat einen Schritt vor und bahnte sich einen Weg durch den stinkenden Qualm.

»Komm schon, Corrado, lass ihn in Frieden. Er hat doch nur noch die Bar und seine drei Hühner. Was tut er dir denn?«, versuchte Cesare ihn milde zu stimmen.

»Halt den Mund, du Esel! Ich brauche kein Mitleid!«, brachte Gino ihn zum Schweigen.

Ettore stand mit hochgezogenen Schultern in einer Ecke und beobachtete die anderen.

»Wo ist sie? Wo hast du sie versteckt?«, bohrte Corrado weiter. Für ihn zählte nur Gino, er war der faule Apfel, der den ganzen Obstkorb verdarb.

»Ich bin zu Fuß gekommen.«

Wieder war ersticktes Lachen zu hören. Ettore spürte, wie die Spannung im Raum stieg und sein Speichelfluss abnahm. Er begann die Bilder an den Wänden der Bar zu zählen, die Schwarz-Weiß-Fotos von Menschen mit Stirnbändern und auffälligen Frisuren, die er nicht kannte, die aber laut Elvis unsterbliche Rocklegenden waren.

Corrados Augen verengten sich zu Schlitzen, als er voller Verachtung mit dem Finger auf das Grüppchen zeigte.

»Schämt euch! Ihr schreckt wohl vor nichts zurück! Du, Basilio, frisierst ihm den Motor, und ihr, Cesare und Ettore, schiebt ihm die Rostkarre an, damit sie startet, und auch du, Elvis, was denkst du wohl, ich weiß längst, dass du ihm Kaffee mit dreifachem Sambuca servierst, bevor er losfährt. Ihr seid allesamt Komplizen seiner kriminellen Machenschaften. Aber wenn er irgendwann ein Kind überfährt, dann jammert mir nicht die Ohren voll, dass ich das hätte verhindern müssen!«

»Ach, Corrado, du nimmst dich einfach viel zu ernst! Die Mütter hier passen schon gut auf ihre Kinder auf«, gab Basilio zurück.

»Ich sorge nur dafür, dass die Gesetze befolgt werden. Dafür werde ich bezahlt.«

»Den Sheriff kannst du woanders spielen. Solche wie dich haben wir hier schon vor siebzig Jahren mit einem Tritt in den Hintern verjagt. Hier gelten die Rambla-Gesetze, und wir kommen sehr gut allein zurecht.« Als Zeichen seiner Geringschätzung spuckte Basilio ein Stückchen Zahnstocher aus. Corrados Ohren waren inzwischen violett angelaufen.

»Außerdem sind das alles nichts als Verdächtigungen«, fügte Cesare etwas friedlicher hinzu. »Du hast uns nie erwischt, also kannst du uns gar nichts nachweisen.«

»Ja, natürlich, haltet nur zusammen wie Verbrecher, denn etwas anderes seid ihr ja nicht.« Corrado piekste mit dem Zeigefinger Löcher in den Qualm. »Aber ich warne euch: Eines Tages rechne ich mit euch ab, und dann verbringt ihr den Rest eurer Zeit im Altersheim, so wahr ich hier stehe!«

Als er endlich gegangen war, herrschte einen kurzen Augenblick lang nachdenkliches Schweigen.

»Im Altersheim?«

»Wir?«

»Uahahahahah!«

Unter allgemeinem Gelächter wandte sich die Runde wieder dem Kartenspiel zu, das sie unfreiwillig unterbrochen hatte.

Einige Minuten später stand Corrado, zitternd vor Wut, wieder im Büro seines Onkels.

»Zio, ich halte das nicht mehr aus, die machen mich wahnsinnig!«, ließ Corrado seinem Zorn freien Lauf. »Die lachen mich aus und behandeln mich wie einen Volltrottel!«

»Schließ die Tür und setz dich«, sagte der Bürgermeister. Corrado gehorchte.

»Warum versteifst du dich eigentlich so auf diese Bar?«

Es quietschte, als Corrado mit dem Stuhl nach vorn rutschte.

»Diese alten Kerle sind einfach... unangenehm, sie gehen mir auf die Nerven. Sie sind so... laut, so großspurig, als wären sie noch für irgendwas zu gebrauchen, verstehst du? Sie produzieren nichts, sie konsumieren nichts, sie sind zu absolut gar nichts gut, und trotzdem spielen sie sich so auf. Was bilden die sich ein? Jetzt ist meine Generation am Ruder, aber diese Alten rauben uns jede Zeit und Energie. Die nehmen uns überhaupt nicht zur Kenntnis.«

Corrado fuchtelte hysterisch herum.

Goffredo verstand nicht, was für ein Problem sein Neffe eigentlich hatte. Je mehr Alte im Dorf lebten, desto weniger Arbeit hatte er. Junge Leute brauchten Spielplätze, Unterhaltung am Abend und ein kulturelles Angebot. In einem Dorf voller Alter reichten der Jahrmarkt im Frühling, ein Tanzabend im Sommer und das Weinfest im Herbst, und alle waren glücklich.

»Sieh es doch mal so«, erklärte er ihm ruhig. »Dass die Alten nichts konsumieren, stimmt nicht. Du hast ja keine Ahnung, was die an Medizin und Arzneimitteln brauchen. Weißt du, wo ich kürzlich war?«

Corrado schüttelte den Kopf.

»Ich war bei einer Besprechung mit dem Leiter der Villa dei Cipressi. Der Neubau der Seniorenresidenz ist fertig, und wir haben gemeinsam über neue Werbestrategien nachgedacht. Ohne den Zuwachs an Alten hätten wir ein Altersheim hier in Le Casette di Sopra vergessen können. Und ich kann dir jetzt schon versprechen, dass uns das eine Menge Geld in die Kassen spülen wird.«

»Wenigstens eine gute Nachricht. Diese aufgeblasenen alten Knacker haben es verdient, im Heim zu versauern. Wir sollten die Bar abwickeln und etwas Neues aufmachen, das rentabel ist. Außer denen geht da doch eh niemand hin. Oder hast du jemals irgendwen anders dort gesehen? Eine Familie oder einen Durchreisenden? Negativ… Findest du das normal?«

Sein Onkel sah ihn amüsiert an. »Corrado, hast du es denn noch nicht mitbekommen? Diese Bar ist doch in Wirklichkeit etwas ganz anderes.«

»Wie meinst du das?«

»Als das La Rambla früher von Elvis' Vater geführt wurde, gingen noch alle hin. In den Sechzigern ist Elvis weggegangen und als Hippie durch die Welt gereist, um gegen den Krieg zu demonstrieren. Er hatte eine Band gegründet. Als er zurückkam, wurde seine Mutter krank und starb, und kurz darauf ist sein Vater ihr vor Kummer gefolgt. Außer der Bar hat er seinem Sohn einen Notgroschen hinterlassen, mit dem dieser es sich hätte leisten können, keinen einzigen Tag zu arbeiten. Anfangs wollte Elvis die Bar nur als eine Art Proberaum behalten, wo er sich den Tag mit Alkohol und unerträglicher Musik vertreiben konnte. Aber eines Tages kamen Ermenegildo und Basilio herein und sagten: ›Hör zu, als dein Vater noch lebte, haben wir hier jeden Morgen um Viertel vor sieben unseren Kaffee bekommen, und wir haben keine Lust, jetzt jedes Mal nach Le Casette di Sotto runterzumarschieren, nur weil du beschlossen hast, in Selbstmitleid zu versinken. Du machst uns jetzt sofort einen Caffè corretto, der seinen Namen verdient, oder wir hauen hier alles kurz und klein.‹ So entstand mit der Zeit und mit Beharrlichkeit diese Mannschaft, wie du sie jetzt kennst. Ein kleiner Kreis von Freunden eben, da sind uns die Hände gebunden.«

Corrado zog ein verächtliches Gesicht. »Wenn sie sich umbringen und zu Tode saufen wollen, bitte schön. Aber einem Blinden erlauben, dass er am helllichten Tag jemanden überfährt? Nein, ohne mich!«

»Und warum schnappst du ihn dir dann nicht?«

»Wenn das so einfach wäre! Seit einem Jahr suche ich nach dieser verdammten Ape, aber Gino flutscht mir durch die Finger wie ein Aal, als wüsste er immer schon, was ich vorhabe.«

Goffredo räusperte sich, um ein aufsteigendes Kichern zu unterdrücken.

»Du musst Geduld haben. Das ist hier ein kleines Dorf, darauf hast du dich noch nicht richtig eingestellt. In der Stadt warst du an Geschwindigkeit und Stress gewöhnt, aber hier ist es das genaue Gegenteil. Erfolge erzielt man hier nur mit Ruhe, und du bist zu hektisch. Alles hier braucht seine Zeit, man hat jahrelang das Gefühl, nichts würde sich tun, alles würde sich nur in Zeitlupe bewegen, aber das scheint nur so. Früher oder später kommt der richtige Moment, und dann kriecht er so langsam an deiner Nase vorbei, dass du darüber vergessen wirst, wie lange du dich für nichts und wieder nichts abgestrampelt hast.«

Corrado knabberte nachdenklich an seinem Fingernagel. »Wenn du es sagst ...«

Zio Goffredo rieb sich das Kinn. An der Stelle seines Neffen hätte er sich ein anderes Opfer ausgesucht als einen klapprigen Greis, aber ihm war klar, dass Corrado eine Heldentat für sein Ego brauchte. Ein bisschen fühlte er sich sogar dafür verantwortlich, denn immerhin hatte er ihm diesen Job verschafft. Und das Gerede über einen Neffen, der zu nichts zu gebrauchen war, konnte auch auf ihn negativ abfärben.

»Ich glaube, ich kann dir helfen«, unterbrach er plötzlich den Gedankenfluss, in den er abgeglitten war. »Wenn du es auf Gino abgesehen hast, musst du dich an seinen Sohn Nicola halten. Ich weiß, dass die beiden sich in den Haaren liegen. Du könntest dich mit ihm zusammentun. Er wohnt nicht hier, aber in den Sommerferien kommt er mit seiner Frau her. Wie du siehst, musst du dich nur noch ein bisschen gedulden.«

Es klopfte, und noch bevor der Bürgermeister antworten konnte, erschien der Kopf der Sekretärin in der Tür.

»Sie kommen wieder zu spät, Herr Bürgermeister. Die Gemeinderatsmitglieder warten bereits in der Bibliothek.«

»Ja, Graziella, ich komme. Mach schon mal Kaffee.«

»Oh, da sage ich auch nicht Nein«, beeilte sich Corrado, während er aufstand und sich die Hose glatt strich.

»So weit kommt's noch! Ich bin schließlich Sekretärin, nicht eure Bedienung!«, konterte sie barsch und ließ die beiden verdatterten Männer allein zurück.

4

Kugelschreiber und Block

»Lasset uns beten.«

Die kleine Gemeinde erhob sich mit zehn Sekunden Verzögerung, begleitet von knackenden Gelenken, gegen die Bänke schlagenden Gehstöcken und zweifelhaften Gerüchen.

»Oh, da hat wohl jemand Kaka gemacht!« Eine kultivierte Dame tätschelte das Baby auf dem Arm ihrer Nachbarin zur Linken und schnupperte dazu mehrmals vornehm in die Luft, die nach einer explodierten Stinkbombenfabrik roch.

»Nein, Entschuldigung, das war ich«, stellte Riccardo richtig, der rechts von ihr stand. Er hob den Bund seines dicken Pullovers etwas an und zeigte auf den Beutel, der seit seiner Darmoperation vor seinem Bauch baumelte: ein groteskes Anhängsel, das die Ärzte in der Klinik »Stoma« nannten und das die Freunde aus der Bar in »Tüte«, »Tütchen«, »Beutel« oder sogar »Sack« umgetauft hatten, damit es seinen Schrecken verlor. Der Beutel, an den auch Riccardo sich gewöhnen musste, wenn er überleben wollte, war sozusagen seine Chance, dem Schicksal eine Abfuhr zu erteilen.

»Oh!« Die Dame wankte leicht bei dem Versuch, ihren Ekel zu unterdrücken.

»Wir haben uns hier versammelt, um uns von unserer lieben Zwester Iole Dolzi zu verabzieden, die vor allem eines war: gottesfürchtig.«

Vorne vom Altar erschallte Don Giuseppes Stimme in leierndem Tonfall und mit seinem unverkennbaren, ulkigen Sprachfehler. Don Giuseppe war in der Geschichte der vergangenen fünfzig Jahre von Le Casette di Sotto und Le Casette di Sopra vermutlich der einzige Trost gewesen. Dieses gewisse Funkeln in seinen Augen, das trotz ermattender Iris keine Anstalten machte zu erlöschen, gab seinen Worten etwas Freundliches, fast Heiteres, und diese harmonische Verbindung zwischen Licht und Wort erzeugte eine wohlwollende Autorität, die den Gläubigen absolutes Vertrauen einflößte. Sie waren seine Herde, und er war ihr unangefochtener Hirte, das wusste er. Aber er hätte nie gedacht, dass eines seiner Schäfchen sogar so gelehrig wäre, sich Notizen zu machen.

Mit Kugelschreiber und Block in der Hand saß Ettore da und lauschte mit flehendem Blick, dunklen Augenringen von der schlaflosen Nacht und Schweißperlen auf der Stirn, als ginge es in dieser Predigt um Leben und Tod. Was ja auch stimmte. Denn seine durchwachten Nächte und die Angstattacken hatten genau mit einer solchen Predigt ihren Anfang genommen. Oder kurz davor.

Begonnen hatte alles vor sechs Wochen mit dem plötzlichen Dahinscheiden von Ermenegildo. Mittags hatte er noch gegessen und getrunken und über das Fernsehprogramm geschimpft, das nicht mehr sei wie früher, nicht einmal die Nachrichten könne man sich noch ansehen, und mit den Worten »Da träum ich lieber!« den Fernseher ausgeschaltet. Dann hatte er es sich auf dem Sofa bequem gemacht, um seine gewohnte Siesta zu halten, und war nie wieder aufgestanden. Seine Frau Severina hatte ihn mit der Steppdecke zugedeckt, das Fenster zum Hof geöffnet, das Tischtuch ausgeschüttelt und den Haushalt gemacht.

Im La Rambla hatten sie inzwischen eine kleine Partie Tressette begonnen und sich keine allzu großen Gedanken über Ermenegildos ungewohnte Verspätung gemacht, bis sich die Tür der Kneipe quietschend öffnete und statt ihres Kumpels ein Wind aus unbekannten Gefilden hereinwehte, ein kühler, nach Laub und Verwesung riechender Windhauch.

Im Leichenschauhaus, wo der leblose Körper für einen letzten Gruß der Angehörigen und Freunde aufgebahrt war, hatte Ettore den Hut abgesetzt, sich langsam mit bebendem Kinn und zusammengekniffenen Augen über seinen Kumpel gebeugt, und dann hatte er ganz allmählich die Lider geöffnet und sich gezwungen hinzusehen, ohne zu weinen.

Die Entdeckung, die er in diesem Augenblick machte, traf ihn bis ins Mark: Das war nicht Ermenegildo! Er wich zurück, und einige der Anwesenden taten es ihm instinktiv nach.

Gino nahm ihn zur Seite.

»Stimmt was nicht? Was ist denn los?«

»Has... hast... hast du den gesehen?«, stammelte dieser nur.

»Klar hab ich ihn gesehen. Wieso, was ist denn mit ihm? Sieht toll aus, oder? Die haben ihn wirklich gut hingekriegt.«

»Kommt dir gar nichts... komisch vor?«

»Was denn?«

»Na ja... Meinst du, das ist wirklich... Ermenegildo?«

Gino hob die Brauen wie eine Schleiereule und blickte ihm in die Augen.

»Natürlich ist er das nicht. Hast du ihn nicht erkannt? Das ist der Weihnachtsmann!«, war seine bissige Antwort.

Aber Ettores Frage war keineswegs als Provokation gemeint. Der marmorne Körper, der dort vor ihm lag, war nie und nimmer ihr Kamerad Ermenegildo. Nichts davon hatte etwas mit ihm zu tun: nicht das sanfte Lächeln der mit Klebstoff fixierten Lippen, nicht der wächserne olivfarbene Teint, nicht die auf so unnatürliche Weise gefalteten Hände. Was er dort sah, war eine seelenlose Hülle, ein vergessener Mantel, das Wrack eines alten Schiffs, die Ruine einer Burg. Sie hatten sich alle dort versammelt, um einen großen Felsen zu betrachten, der nutzlos war ohne Meer. Und diesen Steinbrocken würden sie gleich mit ernsten Mienen in die Kirche bringen, segnen, auf ihre Schultern laden, unter Mühen zum Friedhof tragen, beisetzen, der Erde übergeben und mit Blumen schmücken, als handelte es sich dabei um Ermenegildo, dabei war es in Wirklichkeit nichts weiter als ein namenloses Stück Stein.

Als Ettore also diesen Körper aufgebahrt sah – der nicht einmal mit Grabstein und Foto versehen war – und begriff, dass er ihm nicht den erhofften Trost bringen würde, hatte er das Gefühl, als würde sich vor ihm ein riesiger Schlund auftun. Er geriet in Panik, ihm wurde schwindlig, und er musste hinausrennen, um frische Luft zu schnappen. In der Kirche hoffte er, Don Giuseppes Worte würden ihm helfen, wieder zu sich zu kommen.

»Ich muss euch nicht erklären, wer unser Freund Ermenegildo Prandi war«, hatte der Pfarrer auf die Kanzel gestützt gesagt. »Seine Lebensfreude und sein Humor waren anzteckend, und sein Optimismus diente uns allen als Vorbild. Ich weiß noch, wie ich ihn eines Morgens, es regnete heftig und war bitterkalt, vielleicht um halb fünf auf seinem Moped angetroffen habe, als er auf dem Weg zum Pilzesammeln war. Er war erkältet und offensichtlich nicht gut beieinander, und ich fragte ihn: ›Wohin fährst du denn in diesem Zuztand?‹ Und wisst ihr, was er mir geantwortet hat? Soll ich euch verraten, was er sagte?« Er musterte die schweigende Menge. »Nun, er sagte: ›Ich suche frizze Pilze für meinen Laden.‹« Er lächelte voller Mitleid.

»Die Natürlichkeit seiner Antwort hat mir an diesem unbehaglichen Morgen das Herz erwärmt. Verzteht ihr, liebe Brüder und Zwestern? Diese Pilze hat er für euch gesammelt! Ja, genau, für dich, Severina, für dich, Basilio, für dich, Gino, und auch für dich, Ettore. Diese Pilze waren Ausdruck der Ehrlichkeit und des Gemeinzaftssinns, die Ermenegildo sein langes und produktives Leben lang begleitet haben.«

Er gönnte sich eine kurze Pause, um nachzudenken. »Daher möchte ich jede einzelne seiner großzügigen Gesten mit einem köstlichen Pilz vergleichen und ztelle mir vor, dass Ermenegildo mit einem riesigen Korb voller zöner großer Zteinpilze vor der Himmelspforte erzienen ist, denn ebenso zahlreich waren seine selbstlosen Gesten.« Er nickte, um seinen Worten Nachdruck zu verleihen. »Wir alle wissen, dass es gut und richtig ist, großzügig zu sein, und dass der Kamerad, von dem wir hier heute Abzied nehmen, traurig wäre, wenn er unsere Tränen sehen könnte. Er würde wollen, dass wir glücklich sind, weil auch er es ist: Er hat die ewige Glückseligkeit im Himmelreich gefunden.«

Ettore erstarrte. Ihm war, als hätte ihn der düsterste Albtraum ereilt. Seine Erkenntnis aus der Trauerpredigt erschütterte ihn noch mehr als sein Erlebnis im Leichenschauhaus: Offensichtlich hatte er den Predigten von Don Giuseppe nie richtig zugehört.

Als er sich Hilfe suchend nach seinen Freunden umdrehte, sah er nur der hinter ihm sitzenden Dorftratsche ins Gesicht, die ihn mit bedrohlich geweiteten Nasenflügeln angiftete.

»Aber was ist das Jenseits eigentlich? Wie oft haben wir uns das gefragt?«, fuhr der Pfarrer fort. »Warum ist dieses Thema für uns so zwierig?« Meditative Pause mit starrem Blick auf die Rosette gegenüber.

»Weil wir über etwas reden, das über Zeit und Raum hinausgeht und die Grenzen unserer Vorztellung überzteigt. Uns fehlt die direkte Erfahrung. Ich lese nun einen Abznitt aus dem ersten Brief an die Korinther, zweites Kapitel, Vers neun...« Er setzte sich die Lesebrille auf die pockennarbige Nase. »Was kein Auge gesehen und kein Ohr gehört hat, was keinem Menzen in den Sinn gekommen ist: das Große, das Gott denen bereitet hat, die ihn lieben.«

Er nahm die Brille ab und blickte auf die Gemeinde.

»Es handelt sich also um Dinge, die wir mit unseren begrenzten menzlichen Sinnen nicht erfassen können. Müssen wir deshalb an der Existenz des Ewigen Lebens zweifeln? Keineswegs!«, rief er energisch aus. »Was das Ewige Leben ist, wurde uns offenbart! Ebenfalls im Brief an die Korinther, dreizehntes Kapitel, Vers zwölf, spricht Paulus von Tarsus von einem ›Angesicht zu Angesicht‹ mit Gott. Versteht ihr, Brüder und Zwestern? Wir werden das Antlitz unseres Zöpfers erblicken!« Zur Anschauung hielt er sich salbungsvoll die offene Hand vors Gesicht, bevor er die Predigt fortsetzte.

»Und der Apostel Johannes sagt es noch deutlicher: ›Das ist das ewige Leben: dich, den einzigen wahren Gott, zu erkennen und Jesus Christus, den du gesandt hast.‹ Wir werden also Gott durch Jesus Christus erkennen, und was uns heute unverztändlich erzeint, wird zlussendlich klar.«

Ein Wust von Fragen bahnte sich einen Weg in Ettores schlichtes Gemüt. Fragen, die er sich noch nie gestellt hatte und die umso drängender wurden, je länger Don Giuseppe Worte ausspuckte wie ein Wechselgeldautomat. Bei seinem Versuch, die Predigt des Pfarrers zu deuten, während dieser noch sprach, vollzog sich eine verhängnisvolle Metamorphose: Die aufrechte, kräftige und imposante Gestalt des Geistlichen, die dem Bilde von Josef von Nazareth und ein wenig auch dem von Pater Pio ähnelte, sackte plötzlich dramatisch in sich zusammen. Er schrumpfte auf die banalen Dimensionen einer Krippenfigur und war kaum noch auf der Kanzel zu erkennen, auch seine Stimme veränderte sich und klang nun gummiartig und zart wie das Quieken eines Mäuschens. Für dieses niederträchtige und böse Wahnbild, offensichtlich eine Frucht seiner perversen Fantasie, gab Ettore sich zwei schallende Backpfeifen, die vom Applaus der Menge übertönt wurden: Der Sarg war bereit für seine letzte Reise zum Friedhof der Gemeinde.

Seitdem litt Ettore unter schlaflosen Nächten, in denen ihn die Angst und eine bange Frage quälten: Wo war Ermenegildo nun wirklich gelandet?

Er hatte dieses Mysterium noch nicht geklärt, da kam auch schon Iole an die Reihe. Sie war zwar keine Freundin, versteht sich, aber doch immerhin eine Bekannte, die ihn auf der Straße grüßte, ihn nach seinem Befinden fragte und ihm die wichtigsten Neuigkeiten aus ihrer Verwandtschaft erzählte.

Zusammen mit Gino war er wieder ins Leichenschauhaus gegangen, und diesmal hatte er vom ersten Blick an keinen Zweifel: Das war nicht Iole. Die Leiche wirkte wie ausgetrocknet und hatte schmale, fast spitze Gesichtszüge, vor allem an Wangen und Nase. Eine nachgemachte Iole aus Pappmaschee.

»Du willst mir doch nicht weismachen, dass das Iole ist?«, fragte er Gino, schon etwas ungehaltener.

»Nein. Das ist die Befana-Hexe!«, konterte Gino und verkniff sich ein sarkastisches Grinsen, denn auch er hatte Iole nicht sehr nahegestanden.

Erschüttert von all diesen existenziellen Fragen, nahm Ettore am Trauergottesdienst teil und war entschlossen, diese Angelegenheit, die sein inneres Gleichgewicht ernsthaft störte, ein für alle Mal zu klären. Es musste doch eine rationale Erklärung dafür geben, und die würde Don Giuseppe ihm diesmal schon geben. Er *musste* sie ihm geben.

»… gottesfürchtig … Iole war eine fromme und redliche Frau, die pünktlich zu jeder Messe erzien. Besonders viel bedeutete ihr die Christmesse. Sie legte regelmäßig die Beichte ab, und ich kann euch garantieren, dass wir alle, auch die Frommsten unter uns, jeden Tag von teuflizzen Versuchungen auf die Probe geztellt werden. Iole war da keine Ausnahme, trotz ihres unerzütterlichen Glaubens.« Don Giuseppe machte ein nachdenkliches Gesicht auf der Suche nach einer passenden Allegorie.

»Nehmen wir an, jeder von uns verfügt über ein Gefäß aus Terrakotta, in dem er die Sünden sammelt, die er im Laufe seines Lebens begeht. Bei einigen wird die Vase vor Sünden überquellen, die groß, zwer und eiskalt sind wie Hagelkörner.« Hier riss er die Augen auf und sprach mit tiefer Stimme. »Während andere nur ganz leichte Sünden angehäuft haben, wie eine dünne Zicht von Zneeflocken«, hier liebkoste er die Luft mit der Hand. »Und bei noch anderen ergeben sie nur eine kleine Pfütze Regenwasser«, er hob die

Brauen und führte Daumen und Zeigefinger zusammen, um eine unbedeutende Menge zu beschreiben. »Nun, liebe Brüder und Zwestern, die Sünden unserer Freundin Iole waren so unzuldig und arglos, dass wir sie uns als winzige Tautropfen vortstellen können. Freuen wir uns gemeinsam: Wenn sie vor dem Allmächtigen zteht, kann sie eine fast leere Vase vorweisen!«

An dieser Stelle zupfte Ettore Gino am Ärmel, aber die Dorftratsche piekste ihm sofort mit dem Finger in die Rippen.

»Unter den vielen Interessen, die sie pflegte, ztachen vor allem das Häkeln und das Zticken hervor«, erinnerte derweil der Pfarrer. »Das bunte Tiztuch, das sie für die Sakristei angefertigt hat, werde ich ztets in bester Erinnerung behalten. Im Himmel kann sie nun bis in alle Ewigkeit für die Engel zticken, in der Glückseligkeit des Allmächtigen.« Er stieß einen tiefen, im Mikrofon rauschenden Seufzer aus und schickte sich an, zum Kern der Frage vorzudringen.

»Und was meine ich, wenn ich vom Allmächtigen zpreche, liebe Gemeinde? Habt ihr euch das je gefragt? Wenn ich vom Allmächtigen zpreche, meine ich …« Um Spannung zu erzeugen, wartete er ab, bis das Echo seines letzten Wortes verklungen war. Auf den Holzbänken hustete jemand, und vier weitere schlossen sich an. Nachdem alle Atemwege befreit waren, fuhr der Pfarrer fort.

»… die Liebe!«

Er breitete die Arme zu einer ätherischen Umarmung aus. »Eine Liebe, derer man nie überdrüssig wird, denn sie ist umfassend, rein, unbefleckt, perfekt! Eine Liebe, die uns bis in alle Ewigkeit umhüllt, uns von allen Sorgen befreit, allem seelizen Leid und allem körperlichen Zmerz. Von dieser Liebe ist Iole jetzt umgeben.«

Ettore hatte das Gefühl, als beginne die Kirche rings um ihn herum zu zerbröckeln, er bekam keine Luft mehr, seine Arme begannen zu kribbeln, und Kugelschreiber und Notizblock glitten ihm aus der Hand. Am liebsten wäre er auf dem Boden zusammengesackt, doch er war diskret genug, sich nur auf die Knie fallen zu lassen und das Gesicht in seinen Händen zu vergraben, als würde er beten.

5

Der Obst- und Gemüseladen

Am späten Nachmittag versammelten sich die Freunde, um ihre Eindrücke auszutauschen, sich Mut zuzusprechen und die Wettgewinne einzustreichen.

»Ich hatte von Anfang an auf Iole getippt«, triumphierte Basilio.

»Aber vorgestern war sie noch putzmunter... Ich kann das noch immer nicht begreifen. Greta war doch immer diejenige, die ständig irgendwelche Zipperlein hatte«, grübelte Cesare.

»Schon, aber das hat nichts zu sagen. Wer weiß, vielleicht hat Greta sogar noch zwanzig Jahre vor sich«, lautete der abgeklärte Kommentar von Gino.

»Ah, was für Schönheiten die beiden früher waren! Weißt du noch, was für lange Stelzen sie hatten, Riccardo? Wie die Kessler-Zwillinge.« Cesare schwelgte in Erinnerungen.

»Allerdings! Und jetzt ist die eine tot, und die andere steht mit einer Stelze im Grab, wie wir alle.« Riccardo verschränkte unvorsichtigerweise die Arme vor der Brust, was den Beutel einquetschte und einen verheerenden Pupser freisetzte.

»Der arme Don Giuseppe kann einem fast leidtun«, fuhr

Basilio fort, »dem fällt auch nichts mehr ein, um die Leute zu trösten. Habt ihr die Geschichte mit der Vase gehört?«

Sie brachen in befreiendes Gelächter aus.

»Wir könnten ihm ja ein paar Tipps geben, damit er gewappnet ist, wenn wir selber an der Reihe sind«, schlug Elvis bissig vor.

Riccardo stand auf: »Genau, zu dir könnte er sagen: Ich stelle mir vor, dass er vergeblich vor der verschlossenen Himmelspforte wartet. Denn seine Sünden waren so zahlreich, dass sie nicht mal in ein Weinfass passen!« Alle bogen sich vor höhnischem Gelächter.

Elvis holte zum Gegenschlag aus:

»Und der heilige Petrus wird sagen: Oh, was ist denn das für ein Mief aus der Unterwelt? Hau sofort wieder ab, Riccardo, du verpestest ja das ganze Himmelreich!«

Die Heiterkeit war nicht zu bremsen, und sogar Riccardo kicherte mit verhaltenem Selbstmitleid in seinen Schnauzbart.

Ettore, bleich wie der Mond, schluckte bestürzt. Warum führten sie sich alle so rüpelhaft auf? Wie konnten sie bloß so taktlos über dieses Thema reden? Und woher nahm Riccardo, den doch diese üble Krankheit quälte, diesen Zynismus?

Er zitterte vor Kälte und zog sich das Jackett enger um die Schultern.

»Was ist los, Ettore? Ist dir nicht gut?« Basilio sah, wie blass sein Kumpel geworden war.

»Er hat Bammel vor dem Jenseits«, antwortete Gino an seiner Stelle.

Elvis verzog die Lippen zu einem gerührten Lächeln.

»He, weißt du, was mein Vater immer gesagt hat? Er dachte sich gern Liedchen aus, die er uns dann abends im

Stall vorsang. Eins davon ging so, ich kann es immer noch auswendig...«

Er rieb sich die Hände und sang seinen Freunden den Refrain vor:

Son curios, son curios
ed saver sagh'è d'adlà
perché ninsun,
ninsun al sa.
Son curios, son curios
ed saver sagh'è d'adlà
ma sta sigur,
che gnan al preit,
al sa!

Ich wüsste gern, ich wüsste gern,
was dort im Jenseits kommt,
weil das niemand weiß.
Ich wüsste gern, ich wüsste gern,
was dort im Jenseits kommt,
aber eins weiß ich bestimmt,
nicht mal der Priester weiß,
was dann kommt.

Im allgemeinen Gelächter stieß Basilio Ettore mit dem Ellbogen in die Seite.

»Siehst du, Ettore? Sich davor zu fürchten, ist reine Zeitverschwendung, wo doch sowieso niemand weiß, was danach kommt!«

Ettore verzog den Mund, zuckte mit den Schultern und nickte wenig überzeugt.

»Das reicht, Leute, lasst ihn in Frieden...« Gino tauchte aus einem Zustand geistiger Abwesenheit auf und erhob sich.

»Genau! Sprechen wir lieber von ernsteren Dingen«, schloss sich Basilio ihm an. »Habt ihr schon gesehen, dass Ermenegildos Gemüseladen heute Morgen wieder aufgemacht hat?«

»Stimmt«, bestätigte Elvis, »angeblich ist da jetzt ein Ausländer drin.«

Basilio stutzte. »Was? Ein Fremder?«

»Komm schon, sag bloß, das wusstest du nicht! Inzwischen pfeifen es doch die Spatzen von den Dächern: Sein Neffe hat im letzten Augenblick alles an einen Osteuropäer abgetreten.«

»Ach! So was! Das gibt's doch wohl nicht!« Fassungslos schlug er sich auf die Schenkel.

»Na, ein bisschen kann ich ihn verstehen«, lenkte Cesare ein. »Severina schafft das nicht mehr, die Angehörigen kommen alle vom Flachland, wer ist da schon begeistert, wenn er hier oben zehn Quadratmeter erbt?«

»So ein Scheiß!«, ereiferte sich Basilio wütend. »Erst taucht dieser Trottel von Corrado auf und will uns das letzte Fünkchen Freiheit rauben, und jetzt kommt auch noch ein Fremder und nimmt uns das Obst und Gemüse weg. Ich kann euch sagen, wie das weitergeht«, fuhr er drohend fort, »die werden sich Stück für Stück unser Dorf, unser Land und wahrscheinlich auch die Rambla-Bar unter den Nagel reißen.«

Allgemeines Gemurmel setzte am Tisch ein.

»Du übertreibst mal wieder...«, unterbrach ihn Gino mit seiner phlegmatischen Art. »Außerdem treten wir doch eh bald alle ab...«

»Mag sein. Aber jetzt sind wir noch hier, und ich sage euch, es kann nicht schaden, die Augen offen zu halten«, konterte der Expartisan und erhob sich. »Und zwar ab sofort. Los, Jungs, auf, auf! Statten wir diesem Neuankömmling einen Willkommensbesuch ab!«

Einer nach dem anderen, Basilio vorneweg, marschierte die ganze Brigade zum Obst- und Gemüseladen an der Ecke und zwängte sich in das kleine, frisch gestrichene Geschäft.

»Ist da jemand?«

Am Tresen war niemand zu sehen.

Basilio klingelte mehrmals, bis im Hinterzimmer Getrampel zu hören war.

»Guten Tag.«

Ein Zweimeterschrank erschien: die Muskeln eines Panthers, die quadratische Stirn eines Gorillas, die Nase eines Hais und zwei katzenartige Augen vom trüben Blau eines Flusses bei Hochwasser. Basilio flößte er von Anfang an wenig Vertrauen ein. Er versuchte zu schätzen, wie alt er sein mochte: vermutlich höchstens ein Drittel seines eigenen Alters. Plötzlich fühlte er sich wie der greise Alte, der er tatsächlich war, und zum ersten Mal empfand er eine Tausendstelsekunde lang den Wunsch, zum Rückzug zu blasen. Er räusperte sich.

»Hmhm, also, wir sind die aus der Rambla-Bar«, stellte er sich mit gewichtiger Stimme vor.

»Rambla-Bar?«, fragte der Berserker ratlos. Seine tiefe Stimme passte perfekt zu seiner Statur.

Basilio seufzte. »Das Rambla ist die Bar gleich nebenan, da wohnen wir praktisch seit einem Jahrhundert.«

»Und zwar ungestört«, bekräftigte Riccardo von hinten.

Der Mann ließ seinen stechenden Blick über die scheel dreinblickenden Gesichter schweifen, ohne etwas zu erwidern. Ganz offensichtlich gehörte er eher zur schweigsamen Sorte.

»Das war hier immer ein ruhiges und friedliches Dorf«, betonte Basilio, wo er nun schon einmal dabei war. »Wir wollen hier kein Durcheinander. Haben wir uns verstanden?«

Der junge Mann zuckte mit keiner Wimper und begnügte sich mit einem leichten Nicken.

»Was kauft ihr?«, fragte er schließlich.

Ahnungslose Blicke flogen hin und her.

»Ehm, wir nehmen ... die Banane hier unten.«

»Nur Banane?«

»... und den Apfel dort«, fügte Riccardo hinzu.

»Nur Banane und Apfel?«

Basilio verlor die Fassung.

»Herrgott noch mal! Dann gib mir meinetwegen noch einen Kopfsalat, die Aubergine da, zwei Zucchini und ein halbes Kilo Kirschtomaten dazu.« Er wollte nicht wie ein Geizhals dastehen.

Wenige Minuten später stand die ganze Bande wieder auf der Straße, in den Händen Plastiktüten voller Obst und Gemüse, mit dem niemand etwas anzufangen wusste. Basilio hatte es eilig, die Gruppe aufzulösen, und als er endlich mit Gino allein war, gab er ihm das Grünzeug für seine Hühner.

»Hier, nimm das, und jetzt ab nach Hause. Ich glaube, der macht uns keinen Ärger mehr.«

6

Linda, Schätzchen und Genoveffa

Linda, Schätzchen und Genoveffa mochten Kopfsalat über alles. Kurz vor Sonnenuntergang setzte Gino sie auf das abgewetzte Sofa in der Küche. Während er sie eine nach der anderen am Hals kraulte und ihnen eine gute Nacht wünschte, kam ihm wieder einmal der Gedanke, was für ein hässliches Biest das Alter doch war. Wie viele Hühner hatte er im Laufe seines Lebens geschlachtet, in siedendes Wasser geworfen, gerupft und in Stücke gehackt? Er dachte an den Gestank des ockerfarbenen, sandigen Inhalts zurück, der aus ihren dampfenden Gedärmen quoll. Eigentlich war das eine Frauenarbeit, und anfangs hatte das ja auch Ludovica erledigt, die junge Schneiderin, wegen der Gino sich mit dem halben Dorf zerstritten hatte. »Früher oder später lässt sie dich sitzen!«, hatten ihn alle gewarnt. »Du bist fast vierzig, viel zu alt für sie!« Er hatte sie trotzdem erobert, denn er war der Dorflehrer, und es machte etwas her, die Frau des Dorflehrers zu sein. Aber die anderen Bewohner sollten recht behalten: Ludovica hatte das zugeknöpfte Wesen ihres intellektuellen Gatten nicht lange ertragen.

Nachdem sie ihn verlassen hatte, musste Gino allein zurechtkommen. Er hatte auch Fasane und Perlhühner gejagt und Hasen das Fell über die Ohren gezogen, nachdem er sie mit dem Knüppel erschlagen hatte. Doch er hatte noch Schlimmeres auf dem Kerbholz: Er hatte neugeborene Kätzchen ertränkt, und einmal hatte er sogar eine kleine Feldmaus unter seiner Schuhsohle totgetreten. Wie viele Gräueltaten seinen langen Lebensweg säumten ... Dinge, die für die Leute in den Bergen völlig normal waren, die er nun aber gar nicht mehr so normal fand. Im Alter war er zu Menschen härter und zu Tieren weicher geworden.

Doch nicht nur seinen Körper hatte die Natur verändert, auch seine Gewohnheiten: Seit er nicht mehr die Kraft hatte zu töten, war auch sein Appetit auf Fleisch so gut wie verschwunden. Oder war es andersherum? Hatte das Töten seinen einstigen Reiz für ihn verloren, weil er weniger Lust auf Fleisch hatte?

Das alles war nicht mehr wichtig; nun reichten ihm ein Stück Käse, etwas Salat und ein Glas Rotwein, um satt zu werden. Er konnte fast als Vegetarier durchgehen, abgesehen von einem Scheibchen Wurst hin und wieder.

Die Geschichte mit den Hühnern hatte so begonnen: Von seinem Hühnerstall waren irgendwann nur zwei Hühner übrig geblieben, denen er nicht auch noch den Hals umdrehen wollte. Also ließ er eines Abends das Gatter auf, um sie den Mardern auszuliefern.

Aber am nächsten Morgen hockte das Federvieh unversehrt auf den Gartenstühlen im Hof. Als er näher heranging und sich die Augen rieb, um sie besser sehen zu können, hatte er den Eindruck, als würden sie ihn dankbar begrüßen. Sie standen auf, brachten ihr Gefieder in Ordnung und kamen glucksend auf ihn zugelaufen. Gino warf instinktiv eine Handvoll Futter auf die Fußmatte. Mit dieser symbolischen Geste betrachteten sie den Pakt ewiger Treue als besiegelt.

Er merkte bald, dass jedes von ihnen eigene Befindlichkeiten und Gewohnheiten besaß. Linda folgte ihm auf Schritt und Tritt, immer für ein Kompliment oder eine Weintraube zu haben. Schätzchen hingegen brauchte ihre Momente der inneren Sammlung und war die fruchtbarste. Als sie nach dem Jahreszeitenwechsel keine Eier mehr legte, begann sie ihre Gefährtin schief und mit einem gewissen Groll anzusehen. Um die Harmonie in der Familie, denn das waren die Hühner und er, wiederherzustellen, brachte Gino noch ein drittes Huhn mit nach Hause, und der Plan funktionierte tatsächlich.

Genoveffa war so hektisch, verängstigt und durch den Wind, dass sie beim geringsten Anlass hysterisch durch den Hof flatterte, was Schätzchen von den depressiven Verstimmungen ihrer Menopause ablenkte.

Wenige Wochen nach ihrer Ankunft kam Genoveffa unter ein Auto, nachdem es sie durch mehrfaches Hupen zu Tode erschreckt hatte, und kroch humpelnd und schockiert wieder darunter hervor. Seitdem lief sie ihren beiden Gefährtinnen überall hinterher und nahm die Position drei im Gänsemarsch ein. Da sie einen natürlichen Hang zur Zerstreutheit besaß, ließ sie sich unterwegs allzu gern von Würmern und Insekten ablenken, und so konnte Gino öfter beobachten, wie sie stehen blieb, um mit kreisendem Kopf auf dem Boden herumzuscharren, um die anderen anschließend mit absurden Zickzacksprüngen wieder einzuholen.

Sie übernachteten nicht mehr im Hühnerstall, sondern im Warmen auf dem Sofa, eine neben der anderen. Die menschliche Lebensweise entsprach ganz ihren Vorlieben, und sie hatten sich an fast alles gewöhnt, eine Sache ausgenommen: das schreckliche Telefonklingeln.

»Wer stört?«

»Ich bin's, Papa.«

»Wieso rufst du um diese Uhrzeit an und verursachst so einen Lärm in meiner Wohnung! Hätte das nicht bis morgen warten können? Es gibt eh nichts zu bereden.«

»Ja, uns geht es auch gut, danke.«

»Mmh.«

»Hast du schon gegessen?«

»Fällt dir keine blödere Frage ein?«

Schweigen.

»Gibt's was Neues?«

»Nein.«

»Weißt du, wer mich neulich angerufen hat?«

»Als wenn mich das interessieren würde.«

»Sandra, die Altenpflegerin von der Gemeinde. Sie sagte, du lässt sie immer noch nicht rein.«

»Habe ich gar nicht mitbekommen...«

Am anderen Ende der Leitung schnaubte Nicola ungeduldig in den Hörer.

»Übrigens eröffnet demnächst das Seniorenheim, für dich wäre das doch die perfekte Lös...«

»Ich bin noch nicht senil, das hast du mir schon zehnmal gesagt! Ich brauche kein verdammtes Heim!«

Erneutes Schweigen. Mit der freien Hand tastete Gino das Geschirr auf der Spüle nach einem Glas ab. Er fand eins, das sich etwas klebrig anfühlte und nach Wein roch, drehte den Wasserhahn auf und hielt es darunter, erwischte den Strahl aber nicht richtig und spritzte sich bis zum Ellbogen pitschnass.

»Carmen und ich kommen in den Ferien vorbei. Katia sendet dir viele Grüße aus London.«

Wieder dieses peinliche Schweigen.

»Sag mal... was ist das eigentlich für ein Geräusch da im Hintergrund?«

»Welches Geräusch?«

»Hört sich an wie... ein Scharren... Du lässt doch nicht etwa die Hühner ins Haus?«

»Bist du verrückt geworden? Denkst du wirklich, ich halte mir Hühner im Haus, ja? Du, die Verbindung ist auf einmal gestört, ich lege jetzt auf. Gute Nacht.«

»Warte, Papa! Also... wir sehen uns dann in ein paar Wochen, ja?«

»Wenn ich dann noch lebe.«

Gino legte den Hörer auf und stützte sich einen Moment mit den Fäusten auf der kalten Keramik des Spülbeckens ab. Er hatte sich zu sehr aufgeregt und bekam schlecht Luft. Die Hühner spazierten noch zögerlich um ihn herum, doch ihre Schritte wurden immer sicherer. Sie spürten, dass die Gefahr vorbei war und dass sie es sich wieder gemütlich machen konnten.

»Los jetzt, ins Bett mit euch, ihr dummen Hühner!« Als Gino sich bückte, um Schätzchen auf den Arm zu nehmen, durchbohrte ein spitzer Schmerz seinen Rücken. Er brach auf dem Tisch zusammen, stützte sich mit den Ellbogen auf und ließ sich auf einen Stuhl gleiten. Ja, wenn er dann noch lebte, dachte er, nach Atem ringend. Denn es konnte gut sein, dass er im nächsten Sommer nicht mehr da war. Schluss. Aus. Vorbei. Keine Schmerzen mehr, keine sinnlosen bis zum Abend vertrödelten Tage zwischen der Bar und der alten Bruchbude, in der er wohnte.

Gelähmt von dem Krampf, der nicht nachlassen wollte, fragte er sich, wie sein Ende wohl aussehen würde. Lang und schmerzhaft oder schnell und unscheinbar? Wer würde seinen leblosen Körper finden? Sandra? Nicola? Ettore? Er musste unwillkürlich grinsen bei der Vorstellung, wie Ettore kreidebleich und aufgeregt an die Tür hämmerte, während seine Leiche auf der anderen Seite längst Futter für die armen im Wohnzimmer gefangenen Hühner war. Tja, da hegte und pflegte man seinen Körper ein Leben lang, und plötzlich war er nur noch eine Horrorvision, die man loswerden wollte. Er stellte sich vor, er würde von einem Blitz erschlagen, unter den Trümmern eines Erdbebens begraben, von einem Kaffee mit Zyanid vergiftet, zu dem Corrado ihn hinterhältig als Zeichen der Versöhnung eingeladen hatte. Und wenn er sich selbst darum kümmerte, von der Bildfläche zu verschwinden? Dieser Gedanke beschlich ihn nicht zum ersten Mal. Die beste und vielleicht schlüssigste Methode wäre es wohl, einen Lappen in den Auspuff der Ape zu stopfen und wie ein Neugeborenes in seine Wiege zurückzukehren. Der Schuster, mit dem er vor Jahren immer sonntagmorgens auf die Jagd gegangen war, hatte sich in der Badewanne mit seinem Gewehr erschossen, aber eine so blutige Angelegenheit war nicht sein Stil. Er spürte, wie der stechende Schmerz in seinem Rücken sich allmählich an der Wirbelsäule entlang auflöste. Auf dem Tisch bekam seine Hand eine alte Wurstkordel zu greifen. Er stellte sich die seltsame Frage, ob die wohl stark genug wäre, um sich daran zu erhängen. Er wickelte sie sich um beide Hände und zog sie ruckartig auseinander, um zu testen, was sie aushielt. Beim dritten Ruck riss sie entzwei. Die war vergammelt und zu nichts mehr zu gebrauchen. Gino rutschte ein irres Lachen heraus, und die Hühner gackerten nervös. Was für idiotische Gedanken! Die Hirngespinste eines alten Dummkopfs! Er warf die beiden Kordelstücke weg und fegte dabei versehentlich die Fernbedienung vom Tisch, hatte aber nicht die Kraft, sich noch einmal hinunterzubeugen, um sie aufzuheben. Die Minuten vergingen schleppend, skandiert von einem röchelnden Atem, denn seine Lungen füllten sich nur langsam mit Sauerstoff, stießen ihn aber fast sofort wieder aus. Als er sich wieder besser fühlte, unternahm er einen weiteren Versuch, sich vorsichtig zu der Fernbedienung hinunterzubücken. Zentimeter für Zentimeter kamen seine Finger dem Fußboden näher, bis er die Fernbedienung packen konnte, dann setzte er sich mit der gleichen gemachen Bewegung wieder auf. Diesmal hatte ihn der Schmerz verschont. Er drückte auf die rote Taste, und das alte Fernsehgerät erwachte zum Leben. Gino stellte den Ton aus und wandte sich langsam vom Bildschirm ab und der leeren und vom Rauch des Gasofens schwarz verrußten Wand zu. Bevor er schlafen ging, beobachtete er noch eine ganze Weile das Spiel der Lichter und Schatten in seinen endlosen Farbabstufungen, von Azur bis Dunkelblau.

7

Gefahr im Verzug

Corrados Warnungen in der Bar hatte Cesare als völlig absurd und haltlos abgetan, bis er eines Morgens ein Plakat erblickte, auf dem die baldige Eröffnung der Villa dei Cipressi angekündigt wurde.

Es war an einem Morgen zu Sommerbeginn, er war zu Hause, hatte das Hörgerät ausgeschaltet und versuchte, die Lippenbewegungen seiner keifenden Frau Irma zu deuten. Mittlerweile war das fast zu einem Spiel zwischen ihnen geworden. Er schaltete sein Hörgerät ab und wettete zwei Pflaumengrappas darauf, den ganzen Satz zu erraten. In letzter Zeit wiederholte sie ohnehin immer wieder dasselbe. Jetzt zum Beispiel sagte sie gerade: »Wenn ich dich dabei erwische, dass du wieder das Hörgerät ausgemacht hast, kriegst du was hinter die Löffel!«

Seit einigen Jahren schlug sie ihm gegenüber in einer Art neu erwachtem Mutterinstinkt einen Tonfall und eine Wortwahl an, wie man sie bei Kindern verwendet. Wenn er zu Hause war, ließ sie ihn nicht mehr aus den Augen und fand erst Ruhe, wenn sie ihm mindestens fünfmal dasselbe gesagt hatte.

»So habe ich wenigstens ein reines Gewissen«, sagte sie zu ihrer Verteidigung.

O ja, sie war eine Schönheit gewesen, dachte Cesare, damals, als er ihr heimlich auf dem Dorffest hinterherschlich, denn ihr Vater Girolamo, Zio Alfonsino, ihr Bruder Ottavio und ihr Cousin Paride ließen sie keinen Moment aus den Augen, sodass er sie nur aus der Ferne anschmachten konnte.

Sie war eine Göttin gewesen, die Madonna in Person, aber wenn er sie nun so wild fuchtelnd in der Küche herumwüten sah, ohne einen Laut von sich zu geben, als befänden sie sich beim Tiefseetauchen, fragte er sich ernsthaft, wann genau sie sich in diese Nervensäge verwandelt hatte.

»Pass bloß auf, gleich guck ich selbst nach, ob es an ist!«, konnte er ihre Drohung gerade noch rechtzeitig entziffern, um sich schnell eine Backpfeife genau aufs linke Ohr zu verpassen, damit es aussah, als hätte er nur eine Mücke erschlagen.

»Da, ich hab's genau gesehen, du Scheusal! Jetzt hast du es schnell wieder angemacht!«

»Stimmt doch gar nicht, ich hab alles gehört!«

»Hältst du mich für blöd?«

»Nein, ich hab dir zugehört, ich schwör's!«

»Dann wiederhol mal, was ich eben gesagt habe«, forderte sie ihn heraus und wartete, die Hände angriffslustig in die Hüften gestemmt. Wie sie so reglos dastand, sah sie aus wie eine Amphore.

Cesare begann lustlos herunterzuleiern: »Dass ich die weiße Tablette einmal morgens und einmal abends nehmen muss, die ovale, halb rosafarbene und halb gelbe, mittags vor dem Essen und den Sirup dreimal: nach dem Aufwachen, am Nachmittag und vor dem Schlafengehen. Zufrieden?«

»Geht doch, du Esel. Wenn du es weißt, warum vergisst du dann immer deine Medikamente und lässt mich jeden Tag zwanzigmal dasselbe sagen? Hörst du nicht, was für eine raue Kehle ich schon hab? Ich bin schon ganz heiser!«, und sie begann, sich den Hals zu massieren.

Während er sich ausmalte, wie er ihr die Stimmbänder im Schlaf aufschlitzte, zog Cesare sie lächelnd an sich.

»Komm her, meine schöne Gigogin.«

Bei diesen Worten wurde sie ganz sanft, ließ sich von den Erinnerungen an früher überwältigen und schmolz selig dahin. Damals, als sie sich kennenlernten, hatte sie noch kurzes Haar, trug die goldenen Kommunionsohrringe, und alle nannten sie »die schöne Gigogin«, nach dem bekannten Lied.

»Das war ich mal, als ich noch dreißig Kilo weniger auf die Waage brachte …«, jammerte sie, um ein Kompliment heischend.

»Sagen wir fünfunddreißig …«

»Du!«, sie gab ihm einen leichten Klaps auf den Arm.

Er packte sie am Handgelenk.

»Weißt du, neulich morgens ist dir im Bett das Nachthemd so verrutscht, dass man deine Möpse sah.«

»Oh, Cesare, sei nicht so ordinär!«, rüffelte sie ihn mit geröteten Wangen, als würde sie nicht mit dem Mann reden, mit dem sie den größten Teil ihres Lebens verbracht hatte, sondern mit einem jungen Kerl, den sie frisch kennengelernt hatte.

»Lass mich ausreden, du Kratzbürste!«, fiel er ihr ins Wort. »Weißt du, was ich da gedacht habe?«

Irma schüttelte verschämt den Kopf, obwohl sie die Antwort längst wusste: Er sagte es immer wieder, und jedes Mal tat sie so, als hörte sie es zum ersten Mal.

»Dass dieser Anblick schöner ist als eine Panoramaaufnahme des ganzen Apennins.«

»Des ganzen Apennins?«

»Genau.«

»Der Monte Cusna inbegriffen?«

»Absolut.«

»Und der Monte Ventasso?«

»Monte Cusna, Monte Ventasso, die Alpen des Succiso und sogar die Pietra di Bismantova.«

Ein runzeliges Lächeln hellte Irmas Miene auf, ihre Augen strahlten und wurden ganz feucht vor lauter Schmeichelei. Sie setzte sich auf seinen Schoß und rieb ihre Nase an der seinen, wie sie es in ihren innigsten Momenten taten, seit sie sich nicht mehr auf den Mund küssten.

»Komm schon, sag, dass du dich freust.«

»Tu ich ja.«

Cesare lächelte rührselig, lehnte sich etwas zurück, um sie besser sehen zu können, und fragte mit einem flehenden Seufzer: »Gut, darf ich dann jetzt endlich einen trinken gehen?«

Nachdem Irma ihn mit dem Besen hinausgejagt hatte, entdeckte Cesare auf dem Weg zur Bar das riesige Plakat an der Anschlagtafel vor dem Rathaus.

Samstag, 25. Mai, 16.00 Uhr
im Pinienwald der Gemeinde
Feierliche EINWEIHUNG der Seniorenresidenz
Villa dei Cipressi durch den Bürgermeister.
Für das leibliche Wohl ist gesorgt.

»Mannomann!«, entfuhr es ihm. Leicht beunruhigt eilte er weiter zum Kiosk, wo die Titelseite der *Gazzetta* schon weitere Informationen zu dieser Neuigkeit brachte.

»Die moderne Seniorenresidenz, die unterhalb des mittelalterlichen Örtchens Le Casette di Sopra eröffnet wird, sucht auf dem Gebiet der Altenbetreuung ihresgleichen. Ein Zukunftsprojekt, das der ganzen Region frischen Aufwind verleiht und nicht nur das Problem der Altenpflege löst, sondern auch das der Jugendarbeitslosigkeit. In der Tat suchen wir in einer massiven Anwerbungskampagne nach qualifiziertem Personal und laden alle erwerbslosen jungen Leute, ausländische Pflegekräfte auf der Suche nach einer neuen Aufgabe, aber auch interessierte Hausfrauen ein, uns ihre Bewerbung zuzusenden.
Die Idee kam uns angesichts der Tatsache, dass es in unserer Region viele kleine Ortschaften mit wenigen Hunderten Einwohnern gibt«, führt Direktor Fausto Cimino aus, »in denen Bedürftige und Rentner orientierungslos umherirren und jemanden suchen, der sich um sie kümmert.«
»Ein Beispiel dafür ist eine dubiose Gruppe über Achtzigjähriger, die sich in der alteingesessenen Bar La Rambla in Le Casette di Sopra eingenistet hat«, kommentiert Corrado Ronchi von der Gemeindepolizei. »Diese Männer treiben hier ihr Unwesen wie streunende Hunde, immer am Rande der Legalität: Sie rauchen in den Räumlichkeiten des Lokals und konsumieren übermäßig viel Alkohol. Es ist unsere Pflicht, wieder Ordnung herzustellen, aber auch den Familien dieser vereinsamten Seelen zu helfen, die ihre Angehörigen aus Zeit- oder Platzmangel nicht bei sich aufnehmen können.«

»Es warten attraktive Angebote, abgestimmt auf die finanziellen Mittel und individuellen Ansprüche jedes Einzelnen«, fährt Cimino fort. »Ich bin sicher, dass wir damit einen entscheidenden Schritt tun, um der zunehmenden sozialen Vernachlässigung entgegenzutreten.«

Begleitet von betretenem Schweigen legte Elvis die Zeitung auf den Tisch. Zum zweiten Mal blies ein eisiger, modriger Wind durch das offene Fenster und kündigte düstere Zeiten an. Er lupfte Elvis' Toupet nach oben, woraufhin seine Kumpel schnell zur Seite blickten, um ihm die Gelegenheit zu geben, es unauffällig zurechtzurücken. Zu Elvis musste man wissen, dass er in den Fünfzigern als Erster das Radio entdeckt und sich in den Rock 'n' Roll verliebt hatte. Wie sein musikalisches Idol türmte er sich das Haar zu einer dicken, hohen Schmalzlocke auf, daher auch sein Spitzname. Da er jedoch seine Kopfbehaarung überdauert hatte, musste er lernen, mit diesem wenig vertrauenswürdigen Toupet zu leben.

»Die meinen *uns*...«, erklärte Riccardo überflüssigerweise.

»Dubiose Gruppe über Achtzigjähriger? Streunende Hunde? Soziale Vernachlässigung?«, brüllte Basilio und schlug mit der Faust auf die Theke, dass es einer Kriegserklärung gleichkam.

Sie warfen einander zögerliche Blicke zu.

»Das haben wir diesem Arsch von Corrado zu verdanken...«, verkündete Gino. »Früher oder später werde ich ihn wohl doch über den Haufen fahren.«

»Tolle Idee, dann verbringst du deine letzten Tage auch noch im Knast«, bemerkte Ettore verängstigt.

»Du vergisst, dass ich schon zu alt bin, um im Gefängnis

zu verschimmeln. Und selbst wenn, lieber Knast als Altersheim!«, gab Gino zurück.

»Recht hast du!«, sprang Basilio ihm zur Seite. »Was für einen Sinn hat denn das Leben, wenn man nicht für irgendetwas kämpft? Wir sind alt, meinetwegen, aber wir leben noch. Und solange wir leben, kämpfen wir.«

»Jaaa!«, grölten alle im Chor.

Ettore nahm es schweigend hin, gequält von seinem schlechten Gewissen, nie erfahren zu haben, was es heißt, sich für ein Ideal oder für einen Menschen einzusetzen. Was bedeutete es eigentlich zu kämpfen? Warum war es für Basilio so verlockend? Kämpfen war etwas, das Gewalt, Revolution, Chaos und Streit voraussetzte, alles furchtbare Dinge, für die man noch dazu wahnsinnig viel Energie aufbringen musste. Um zu kämpfen, musste man mutig und tapfer sein und so sehr an sein Ziel glauben, dass man bereit war, das eigene Leben aufs Spiel zu setzen. Nein, undenkbar, er taugte nicht für den Kampf. Im Gegensatz zu Basilio, für den der Widerstand nie aufgehört hatte: Er war wie dafür gemacht und in der Lage, auch die anderen durch seine Begeisterung mitzureißen.

8

Dorflegenden

Im Dorf erzählte man sich, in den letzten Monaten des Widerstands habe der Partisan Basilio eine stürmische Liebesaffäre mit einem Mädchen gehabt, das ursprünglich im Gefolge eines feindlichen Offiziers und seiner Truppen über die Alpen gekommen war. Nachdem es aber Zeugin unsagbar grausamer Verbrechen geworden war, hatte es sich in die Berge abgesetzt. Weil die ganze Angelegenheit schon heikel genug war, wagte niemand, ihn um genauere Erklärungen zu bitten, und so wurde aus den Gerüchten eine Legende.

Außerdem erzählte man sich, wenn Basilio jedes Jahr für ein paar Monate verschwand, ohne jemandem zu sagen, wohin und warum, begebe er sich in teutonische Gefilde, aber natürlich blieb auch das reine Spekulation.

So hatte niemand großes Aufheben darum gemacht, als er zwei Jahrzehnte zuvor mit einem Bergrucksack von einer dieser Reisen zurückgekehrt war. Alle wussten, wie gern Basilio in den Norden verschwand, um mit schweren Bergschuhe ausgerüstet bis zu den Steinböcken und dem ewigen Eis hochzukraxeln. Erst als der Rucksack zu wimmern begann, wurde der ein oder andere misstrauisch.

»Ist das ein Reh?«

»Ein Wolfswelpe?«

»Ein junger Fuchs?«

»Nein. Das ist meine Enkeltochter Rebecca«, donnerte er drohend.

Niemand traute sich, weitere Fragen zu stellen.

Nachdem das Bündel aufgeschnürt war, bestaunten die Dorfbewohner ein Wesen, von dem sie sich nie hätten träumen lassen, dass es existierte: ein Menschlein mit mondheller Haut, hervorspringenden Wangen so samtweich wie Blütenblättern, federgleichen Wimpern und Augen von einem tiefen schimmernden Grün wie zwei Tautropfen auf einem Blatt in der Morgensonne. Auf dem kleinen Köpfchen wuchs ein flauschiger roter Haarschopf, unentwirrbar wie das Nest eines Buchfinks, aber so duftend und weich, dass es einem die Sinne raubte. Die Nase war eine Perle, die winzigen Lippen zwei tanzende Würmchen, die kleinen Hände pulsierende Kraken auf der Suche nach einer Höhle, in der sie sich zusammenrollen konnten.

Den Mythos »hübsches Mädchen, hässliche Frau« Lügen strafend, erblühte Rebeccas Schönheit von Tag zu Tag mehr. Sie schoss in die Höhe, und ihr kindliches Auftreten reifte zu einer Anmut heran, deren Anziehungskraft sie sich nicht bewusst war. Diese ebenso legendäre wie lästige Aura wurde ihr zum Verhängnis.

Die Frauen machten weniger aus Eifersucht einen großen Bogen um sie. Vielmehr erhofften sie dadurch den sündigen Gedanken zu vertreiben, dass auch sie lieber die Mutter einer so hübschen Tochter gewesen wären als die jener Kröten, die sie in die Welt gesetzt hatten. Die Männer wiederum waren so eingeschüchtert von ihr, dass ihr bestes Stück sich zwischen ihren Beinen verkroch, sie nicht mehr klar denken konnten und nur noch mit halb offenen Mündern und blöden Gesichtern dastanden. Rebeccas unnachahmlich weichen, etwas kamelartigen Gang schon in der Ferne auszumachen, brachte ihre Herzen in Wallung.

Das feuerrote Haar war immer länger geworden, und die Männer träumten davon, über die nackte Rebecca herzufallen, sich in diesem Spinnennetz aus Zucker zu verfangen und daran zu ersticken. In der Schule ließen die Kameraden sie aus purem Überlebensinstinkt links liegen und wollten nicht mit ihr reden. Und selbst die Lehrer vermieden es, sie abzufragen, weil sie ihr nicht so lange in die Proserpina-Augen schauen wollten. Wenn sie sich meldete, wurde trotzdem die Brillenschlange in der ersten Reihe drangenommen. Die andauernde Nichtbeachtung hatte aus ihr das ahnungsloseste Geschöpf im ganzen Tal gemacht.

»Sie ist genauso schön wie dumm«, pflegte man kopfschüttelnd über sie zu sagen.

Da die Menschen sie ablehnten, fand sie im Königreich der Tiere ihren Platz, vor allem in der Welt der Insekten, einer geheimnisvollen, scheinbar unsichtbaren Welt, in der sich außerordentliche Kräfte verbargen. Eine Welt voller Schmetterlinge, Heuschrecken und Marienkäfer, die sie bis ins Einzelne mit einer alten Yashica-Kamera fotografierte.

Eskortiert von Bienenschwärmen, die ihr folgten wie einer übergroßen Bienenkönigin, streunte sie durch die Wälder, die Rehe leckten an ihren honigsüßen Händen, die Eichhörnchen leisteten ihr Gesellschaft und sprangen über ihrem Kopf von Ast zu Ast. Wenn sich die Zweige lichteten, die Äste dünner wurden und die Bäume plötzlich dem Asphaltstreifen wichen, der zum Dorfplatz führte, hielten ihre tierischen

Gefährten wie von einer unsichtbaren Wand zurückgehalten inne und blieben in der smaragdgrünen Waldluft stehen.

»Ich bringe dir deine Rede für die Gedenkfeier, Großvater. Sie ist fertig.«

Die Stammtischrunde drehte sich zur Tür, in der sich Rebeccas hochgewachsene Gestalt abzeichnete wie eine Marienerscheinung.

»Gib her, ich stecke sie ein.«

Rebecca machte einen einzigen Schritt nach vorn und streckte ihm den Umschlag entgegen wie einen Staffelstab. Basilio erhob sich von seinem Stuhl und streckte ebenfalls den Arm aus, um das Schriftstück zwischen Mittel- und Zeigefinger sicherzustellen. Er riss den Umschlag ungeduldig auf, und als er die Kopien fünf maschinenbeschriebener großer Blätter gezählt hatte, murmelte er überglücklich vor sich hin: Letztes Jahr waren es nur viereinhalb.

»Gut gemacht. Jetzt geh wieder, mein Schatz, du bringst nur alle durcheinander.«

»Ätsch!« Cesare, alles andere als durcheinander, nutzte die Gelegenheit und donnerte eine angsteinflößende Dreierserie von Assen auf den Tisch, dass allen die Kinnlade herunterfiel und unter seinen Mitspielern lauthals Protest ausbrach. In Sekundenschnelle wurde Rebecca von einer Rauchwolke verschluckt und geriet wieder in Vergessenheit.

9

Der Sinn des Lebens

Jedes Mal, wenn Dottor Minelli Ettore in seiner Sprechstunde empfing, wurde er aufs Neue von den Zweifeln heimgesucht, die ihn seit Beginn seiner Laufbahn verfolgten: Er wäre besser Psychotherapeut geworden, als sich um körperliche Leiden zu kümmern. Es verging kein Tag, an dem man ihn nicht um praktische Ratschläge bat, von Ästhetik über Naturheilkunde und Ernährung bis hin zu Herzensangelegenheiten. »Du bist doch Arzt, was meinst du, haben wir diese Woche die richtige Mondphase, um sich die Haare schneiden zu lassen?« Oder: »Du kennst dich doch aus, würdest du mir die Wassermelonendiät empfehlen?« Oder auch: »Gigi weist mich ab, kriegt er sich wieder ein, oder kann ich deiner Meinung nach jetzt mit Piero gehen?«

Als Marilena ihn nach dem dritten Rendezvous fragte: »Entschuldige, was machst du noch mal beruflich?«, antwortete er vorsichtshalber: »Motorradfahrer.« Im ersten Moment leuchteten ihre Augen, denn auch sie liebte alles, was ihr das Gefühl gab, dicht über den Boden oder das Wasser entlangzufliegen, wie Eislaufen, Windsurfen, Bob- oder einfaches Fahrradfahren. Auf Spielplätzen guckte sie sogar immer heimlich, ob die Schaukel frei war, obwohl sie eine erwachsene Frau war. Insgeheim träumte sie von einem großen Haus mit Garten, und in dem Garten gab es eine superhohe Schaukel, die an einem riesigen Kirschbaum befestigt war, mit einer Strickleiter zum Hinaufklettern. Dann verblasste das Leuchten in ihren Augen wieder, und sie bemerkte ironisch: »Arme Mama, sie wird es wohl nicht mehr erleben, dass ich mit einem Arzt zusammenkomme.« Anschließend hatte er größte Mühe, sie davon zu überzeugen, dass er in Wirklichkeit tatsächlich Arzt war. Einen ganzen Nachmittag hatte ihn das gekostet.

Während der Sprechzeiten in seiner Praxis hatte der Doktor sich an die unterschiedlichsten Fragen gewöhnt. Ettore, zum Beispiel, hielt ihn ständig auf Trab. An diesem Morgen hatte er sich gar in den Kopf gesetzt herauszufinden, was das Jenseits war.

»Sie sind doch so weit herumgekommen, was für eine Vorstellung haben Sie denn vom Jenseits?«, waren seine genauen Worte. Er war überzeugt, Minelli als Spezialist müsse »die Wahrheit« doch kennen. Dieser seufzte. Er hätte doch besser darauf bestehen sollen, dass der arme alte Kerl Antidepressiva nahm.

Die Erfahrung hatte ihn gelehrt, dass praktische Beispiele am wirksamsten waren, also erzählte er ihm eine Episode, die ihm Jahre zuvor an der Universität widerfahren war. »Wissen Sie, Ettore, als ich noch studierte, habe ich ein Praktikum in der Geriatrie absolviert.«

Ettore rutschte sich auf dem Stuhl zurecht und machte sich bereit, der Geschichte aufmerksam zuzuhören.

»Die ersten Dienststunden gingen mir sehr zu Herzen. Ich hatte noch nie so viele alte Menschen auf einmal gesehen.

Kranke, Geschwächte, viele konnten gar nichts mehr selbstständig tun. Einige waren auf Sauerstoffgeräte angewiesen, nur um ein paar Tage länger durchzuhalten.« Seine Augenlider begannen zu zucken, als er sich an diese Zeiten zurückerinnerte.

»Wenn ich morgens dort ankam, traf ich manchmal ganz andere Patienten an als am Abend zuvor. Der Tod gehörte auf dieser Station zur Tagesordnung, und nach anfänglichen Schwierigkeiten hatte auch ich mich daran gewöhnt.«

Ettore hörte weiter zu, die Hände zwischen Gesäß und Stuhl geklemmt.

»Am letzten Tag endete meine Schicht um halb eins, und am Nachmittag habe ich in demselben Krankenhaus meine erste Schicht auf der Geburtsstation begonnen. Kurz vor der Mittagspause war ein älterer Herr verstorben, der hin und wieder gern ein paar Worte mit mir gewechselt hatte. Er war immer allein gewesen, und ich hatte nie den Mut gehabt, ihn zu fragen, warum. Ich war erst zwanzig und zwar ehrgeizig, aber unerfahren. Er starb friedlich, in einem Moment, wo ich nicht anwesend war. Als der Arzt mich zur Feststellung seines Todes dazurief und ich das erleichterte Gesicht des Mannes sah, kamen mir so viele Fragen in den Sinn, die ich ihm ein paar Stunden zuvor noch hätte stellen wollen und können. Doch nun war es zu spät, und es gab kein Zurück. Vielleicht hatte mich seine Traurigkeit davon abgehalten, mich näher mit ihm zu beschäftigen. Damit konnte ich nicht umgehen. Sie machte mir Angst.«

Ettore zog vor lauter Rührung die Nase hoch. Er stellte sich vor, wie er anstelle dieses Alten auf einem Krankenhausbett lag und wie Minelli sich über ihn beugte, um seine Pupillen zu kontrollieren und seine Halsschlagader nach einem Puls abzutasten. Auch an seinem Krankenbett würde niemand erscheinen.

»Und dann?«

»Um drei hatten sie mich an diesem Nachmittag auf die Geburtsstation geschickt, und wie es der Zufall wollte, lag dort auf der Untersuchungsliege bereits eine junge Frau in den Wehen, die sich vor Schmerzen wand… Was soll ich sagen, Angst wäre untertrieben, Ettore! Das war das Grauen schlechthin! Sie haben ja keine Ahnung, was für eine monströse Sache so eine Plazenta ist! Eben hatte ich noch einen Totenschein ausgestellt, und nun hielt ich, bis zu den Ellbogen voller Blut, ein unheimliches gummiartiges Wesen in den Händen, das mit weit aufgerissenem Mund und wütend verquollenen Augen herumzappelte. Diese kleine Kreatur war stinksauer und riss ihren Mund so weit auf, dass er aussah wie das Loch eines Gugelhupfs. Und soll ich Ihnen etwas sagen, Ettore? Dieses brüllende Mäulchen verkündete das Geheimnis des Universums. Es war alles da, in diesem winzigen Schädel. Dieses Gefühl werde ich nie vergessen…«

Dottor Minellis Erinnerungen waren so lebendig, dass sein Atem hektischer wurde.

»Und dann?«

»Dann was?«

»Na ja, ich meine, wie geht die Geschichte weiter?«

Der Arzt war verwirrt. »Ähm, gar nicht. Das war alles.«

Ettore musterte ihn einen Moment lang ernst.

»Dann habe ich sie nicht verstanden«, gab er schließlich zu.

»Was haben Sie nicht verstanden?«

»Na alles…, und was Sie damit sagen wollen.« Er hatte wieder einmal den Eindruck, als sei dieser junge Weißkittel in Gedanken ganz woanders: Er hatte ihm eine klare Frage nach dem Jenseits gestellt, aber seine Antwort hatte damit nicht das Geringste zu tun.

»Nun, gar nichts will ich damit sagen.« Jetzt war es an Minelli, enttäuscht, ja fast gekränkt zu sein. »Was weiß ich, keine Ahnung, was das Jenseits ist!«

Er bedauerte, dass diese intimen und für ihn wichtigen Erinnerungen nicht den erhofften Anklang gefunden hatten. »Ich bin ja nicht Gott. Aber durch meinen Beruf weiß ich, dass Geburt und Tod das Normalste von der Welt sind, mehr wollte ich gar nicht sagen.« Er fuhr sich ungeduldig mit den Fingern durchs Haar. »Man kommt auf die Welt, und man stirbt, so ist das Leben. Für alle. Und für jeden Menschen, der stirbt, wird ein anderer geboren. Das ist alles. Einfach, oder? Warum verbringen Sie Ihre Nächte damit, sich Gedanken über das Jenseits zu machen?«

»Weil meine Zeit bald rum ist und ich langsam kalte Füße kriege.«

»Eben. Die Zeit besteht aus abgezählten Minuten. Und von denen sollten Sie lieber jede einzelne genießen, solange Sie sich bester Gesundheit erfreuen. In Ihrem Alter können Sie sich glücklich schätzen, dass Sie keinerlei Beschwerden haben…«

Ettore saß reglos da. Er machte sich nicht mal mehr die Mühe, an seinem Taschentuch herumzuzupfen. Was wollte er hier eigentlich schon wieder? Genug, beschloss er, das war endgültig das allerletzte Mal, dass er in die Praxis gekommen war.

Er stand auf und tippte sich zum Abschied an den Hut.

»Hören Sie, Ettore, warum kommen Sie damit zu mir? Wenn Sie Antworten auf religiöse Belange suchen, müssen Sie zu Don Giuseppe gehen«, fuhr Minelli fort, aufgebracht über diesen sturen Patienten. Und als dieser überhaupt nicht reagierte, kommentierte der Arzt: »Sie sind wirklich ein komischer Kauz...«

»Und wieso?« Ettores Aufmerksamkeit war sofort wieder hellwach.

»Weil Sie von allen älteren Patienten, die zu mir kommen, der Einzige sind, der solche Fragen stellt.« Auch er erhob sich und folgte ihm zur Tür. Ihre Stimmen verloren sich im leeren Wartezimmer.

»Verstehen Sie, die Alten... verzeihen Sie den Ausdruck... Ich meine, im Allgemeinen wissen alte Menschen, dass sie alt sind. Und ihnen ist längst bewusst, dass sie bald gehen müssen. Manche sind darüber sogar erleichtert. Sie wissen, dass sie ihr Möglichstes gegeben haben, viele haben hart gearbeitet und sind jetzt darauf vorbereitet, sich auszuruhen. Sie haben sich damit abgefunden, verstehen Sie? Sie aber...«

»Was ich?«

Der Doktor zögerte die Antwort einen Moment hinaus: »Man könnte meinen, dass es da noch etwas gibt, das Sie erledigen möchten. Habe ich recht?«

Ettore wusste nicht, was er antworten sollte, spürte aber das Herz in seiner Brust rasen, als habe die Bestie, die in ihm schlief, sich in ihrer Höhle geregt.

»Keine Ahnung, werde mal drüber nachdenken...«

»Gut, machen wir es doch so: Sie gehen nach Hause und denken noch einmal in Ruhe nach und...«

»...und die Antwort gebe ich Ihnen ein andermal.«

10

Die Beichte

Mit Augenringen bis zum Kinn und eingefallenen Wangen, was seine Gesichtsknochen noch stärker zur Geltung brachte, machte Ettore sich auf den Weg zur Kirche. Tiefer konnte er nicht fallen. Dottor Minelli hatte ihn mit einer Gegenfrage abgewimmelt, und er war darauf hereingefallen. Dabei war *er* gar nicht verpflichtet, irgendwem Antworten zu geben, im Gegenteil, er selbst konnte eine umfassende Erklärung verlangen, jetzt, wo ihm nur noch so wenig Zeit blieb. So konnte er nicht weitermachen. Die Nächte wurden immer unerträglicher, die Stunden immer tückischer und sinnloser. Die Arztbesuche halfen ihm, die langweiligen Vormittage herumzukriegen, doch er hatte den Eindruck, als habe der junge Herr Doktor ganz andere Dinge im Kopf als seinen Trübsinn. Obwohl er mit einer Sache vielleicht recht hatte: Don Giuseppe war der Einzige, der ihm in religiösen Dingen Klarheit verschaffen konnte. Eigentlich hatte ja der Pfarrer das Ganze mit seinen doppeldeutigen Predigten ausgelöst, also musste er die Dinge jetzt auch wieder ins Lot bringen.

»Ettore! Was ist passiert?«

Der Geistliche war verblüfft: Er hatte in seinem Leben viel

erlebt, aber dass Ettore auf die Idee kam, ihn in der Kirche aufzusuchen, noch dazu auf eigene Faust und außerhalb des Gottesdienstes, das war ihm noch nie passiert.

»Kann ich kurz mit Ihnen sprechen?«

»Aber selbstverztändlich, komm, setz dich zu mir und erzähl mir alles.«

Ettore griff in seine Tasche und zog einen zusammengerollten Zettel hervor: die Notizen, die er sich neulich gemacht hatte.

»Also... ich glaube, ich habe da etwas nicht ganz verstanden...«

Don Giuseppe sah ihm zu, wie er den Zettel voller Hieroglyphen auseinanderrollte.

»Na ja, wie gesagt... Bei der Beerdigung der Witwe Dolci meinten Sie, dass... wir im Jenseits frei sind von allen Sorgen und Leiden und körperlichen Beschwerden.« Er betonte jeden Punkt, indem er mit dem Finger in die Luft piekste. »Stimmt das, oder habe ich das alles nur geträumt?«

»Ja, das habe ich gesagt, und dabei bleibe ich auch. In diesem irdizzen Leben können wir uns ein Dasein außerhalb von Zeit und Raum nicht vorstellen: Unsere Körper erlegen uns Grenzen auf. Deshalb können wir das Konzept der Ewigkeit nicht vollztändig begreifen.«

Ettore wurde bleich. Einen Augenblick lang hätte er sich lieber damit abgefunden, dass er ein Problem im Oberstübchen und die ganze Messe missverstanden hatte.

»Und dazu würde ich Sie gern noch etwas fragen, Don Giuseppe. Darf ich?«, fuhr er unsicher fort.

»Nur zu.«

Ettore holte tief Luft und redete sich in einem Monolog seinen Frust von der Leber.

»Wenn das so ist, wie kann Ermenegildo dann einen Pilzkorb tragen? Und wie kann Iole für die Engel sticken? Sie sagten, wir werden das Antlitz Gottes sehen, und das von Jesus auch, aber wie sollen wir das anstellen, wenn nicht mit den Augen? Und dann haben Sie auch noch gesagt, ›Antlitz Gottes‹ bedeutet ›endlose Liebe‹ – also, was denn nun, sehen wir oder sehen wir nicht? Hören wir oder nicht? Sind wir oder sind wir nicht? Also, ich versteh jetzt überhaupt nichts mehr, Don Giuseppe...«

Der Geistliche lief bläulich an, während er sich mit der Hand bekreuzigte.

»Oh, Ettore! Bist du endlich aufgewacht?«, war seine erste Reaktion.

»Der Pilzkorb, die beztickte Decke... das sind doch alles nur Metaphern! Das ist doch klar! Muss ich dir das in deinem Alter noch erklären? Solche Fragen ztellt doch höchstens ein Grundzulkind, du solltest dich zämen!« Seine Stimme wurde immer lauter und gipfelte in einem Brüllen, das von den Fresken gegenüber als Echo widerhallte. »Deinen Vater magst du ja nie kennengelernt haben, aber wo warst du denn, als deine arme Mutter geztorben ist, hm? Und dein Bruder? Warum bist du nicht zon damals zu mir gekommen, da hättest du dich noch mit der Dummheit der Jugend herausreden können!«

Die Reue versetzte ihm einen Fausthieb in die Magengrube. Ja, stimmt, als junger Mann hatte er sich diese Gedanken nie gemacht. Seine Mutter war an einer Lungenentzündung gestorben, da war er knapp zwanzig, und sein Bruder Palmiro war einige Jahre später betrunken im Fluss in eine Wassermühle geraten, in einer Nacht mit abnehmendem Mond, wahrscheinlich hatte er es nicht einmal gemerkt. Das Bewusstsein, noch das ganze Leben vor sich zu haben, hatte den Kummer nach und nach unter sich begraben. Ettore hatte sich dem Rhythmus der Jahreszeiten unterworfen, gesät, gestutzt, gepflückt, geerntet und dann wieder von vorne. Er hatte für sein körperliches Wohlergehen gesorgt, im Schutze seiner vier Wände. Aber sonst? Abgesehen davon hatte er nichts zustande gebracht.

»Gerade weil ich alt bin, bin ich hier. Ich habe nichts mehr zu verlieren.« Ettores leises Flüstern stand in krassem Gegensatz zum zornentbrannten Brüllen des Pfarrers.

»Ist dir eigentlich bewusst, dass du die Existenz des Garten Eden anzweifelst?«, erwiderte Don Giuseppe. »Das ist gravierend! Und wie hältst du es mit dem Weltuntergang, na? Ist der dir unterwegs auch abhandengekommen?«

»Was meinen Sie damit?«

»›Auferztehung von den Toten und ewiges Leben‹, sagt dir das gar nichts? Sagen wir das Glaubensbekenntnis in der Messe nur aus Jux und Dollerei auf?«

»Und wann kommt der?«

»Wer?«

»Der Weltuntergang.«

»Aber das weiß man doch nicht!«

»Ach, das weiß man nicht mal?«

»Nein, und das müssen wir auch gar nicht wissen.«

»Na, ich wollte ja nur verstehen, wa…«

»Du sollst nicht verztehen, du Dummkopf! Du sollst GLAU-BEN! Dafür gibt es sogar einen Begriff! Das Mysterium des Glaubens, zon mal gehört? Wie oft habe ich das in der Predigt wiederholt? Du bist eine wandelnde Enttäuzung. Komm mit!«

Don Giuseppe packte ihn an der Jacke und zerrte ihn vor den Altar.

»Sieh ihn an!«, befahl er ihm. Ettore hob den Kopf und musterte das Kruzifix. Er sah einen einsamen, leidenden Mann, der seinen Blick nicht erwiderte.

»Sieh ihn an und wiederhole zwanzigmal ›Allmächtiger, du hast mein Leben lang zu mir gezprochen, und ich habe dich nie erhört.‹«

Don Giuseppe verschränkte die Arme vor der Brust und wartete. »Na los, mach zon!«

»Nein!« Ettore staunte am meisten über diese ungewöhnliche Anwandlung von Mut.

»Nein, was?«

»Ich weigere mich«, hielt er zaghaft, aber entschieden stand. »Ich fühle mich betrogen. Ich will alles zurück.«

»Wovon, zum Teufel, redest du?«

»Von dem ganzen Geld, das ich fast ein Jahrhundert lang nach der Messe gespendet habe, und das meiner armen Eltern noch dazu. Aus Prinzip.«

Don Giuseppe hielt ein paar Sekunden die Luft an und sah aus wie mumifiziert. Das war also das Ergebnis eines dem Gebet gewidmeten Lebens? Hatte er nach allem, was er geleistet hatte, einen solchen Undank verdient?

»Was erlaubst du dir?«, war das Einzige, was er hervorbrachte.

»Ist so. Ich bleibe dabei.«

Der Geistliche kniff sich mit Daumen und Zeigefinger in die Nasenwurzel, um nicht die Fassung zu verlieren. Er musste einen kühlen Kopf bewahren: Ein Schäfchen aus seiner Herde wollte ausreißen. Seine Aufgabe war, es wieder heimzuholen.

»Tut mir leid, Ettore. Ich habe dieses Geld nicht mehr«, gab er kleinlaut zu.

»Wo ist es denn?«

»Das weißt du doch! Damit habe ich den Fiat gekauft, mit dem ich die Mitglieder der Gemeinde besuche.«

Ettore schlug verwirrt die Augen auf und zu.

»Ach ja...«, stammelte er, »all die Opfer, nur für einen Punto...«

»Ich muss doch ein Vorbild an Genügsamkeit sein«, versicherte Don Giuseppe.

Das abtrünnige Schaf stützte die Ellbogen auf seine Knie und ließ verzweifelt den Kopf hängen. Nichts zu machen. Das Leben war nichts als eine zufällige Aneinanderreihung überwiegend sinnloser Ereignisse, die mit dem Tod endeten. Wie bitter, in seinem Alter zu dieser Erkenntnis zu kommen!

Dem Priester zog es das Herz zusammen. »Ich könnte dir höchstens etwas anderes anbieten.«

»Nämlich?«

»Ich muss noch bei der Reinigung vorbei. Wenn du willst, nehme ich dich mit und kutziere dich bis vor die Bar.«

Der Vorschlag war sehr verlockend, doch Ettore schüttelte rigoros den Kopf.

»Nein, vielen Dank, Don Giuseppe. Ich mache lieber einen Spaziergang zu Fuß.«

Völlig entmutigt verließ Ettore die Kirche, seine schwarze Silhouette zerfiel in dem mehligen Lichtbündel, das von draußen hereinfiel.

11

Fest der Befreiung

Wie in jedem Jahr war der fünfundzwanzigste April ein verregneter grauer Tag. Angeführt von ihren Lehrern und von Don Giuseppe marschierten die Kinder der Mittelschule in Reih und Glied und Blockflöte spielend zum Denkmal. Sie sangen »Bella ciao«, »Fischia il vento«, »Là su quei monti« und das Lied von den sieben Cervi-Brüdern. Das Repertoire zum nationalen Befreiungstag wiederholte sich jedes Jahr, ebenso wie die langatmige und einschläfernde Ansprache, die der Partisan Basilio in kaum abgewandelter Form hielt.

Während er stundenlang von vergangenen Zeiten und Erinnerungen faselte, bereiteten die Lehrer nebenbei schon mal den Lehrstoff des nächsten Schuljahres vor, Don Giuseppe und die kleineren Kinder dösten mit offenen Mündern, und die größeren Kinder beschossen sich durch Blasrohre mit Papierkügelchen aus Notenblättern. Sogar die Kumpel aus der Bar gähnten hinter den Eltern der Schüler versteckt vor sich hin. Doch Basilio war so bei der Sache, dass er von all dem nichts mitbekam. Die Einzige, die ihm voller Rührung zuhörte, war seine Enkeltochter Rebecca.

Jedes Jahr war das Blatt mit der Rede völlig zerfleddert,

wenn er anschließend nach Hause kam. Sie sammelte es dann geduldig ein und strich es auf dem Schreibtisch fürs nächste Jahr wieder glatt.

»Was meinst du, was stand hier wohl?«, fragte sie hin und wieder, wenn sie den löchrigen Zettel zu entziffern versuchte.

»Siehst du nicht, dass ich gerade den Rasenmäher repariere?«, schrie er dann zurück. Oder: »Lass mich erst die Reben schneiden«, oder auch: »Ich hab jetzt keine Zeit, ich muss die Kartoffeln harken.« Doch nach getaner Arbeit fand Basilio immer irgendeinen neuen Vorwand, um sich nicht zu seiner Enkelin zu setzen. Die einzige Gelegenheit, die Rebecca die Illusion schenkte, Zugang zur Seele ihres Großvaters zu erhalten, bestand darin, die Erinnerungen zu hüten, die ihm am meisten bedeuteten. Sie half ihm gerne, die Erlebnisse aus seiner Jugendzeit, die mit den Jahren immer mehr Informationen, Farben und Details einbüßten, schwarz auf weiß festzuhalten. Wo Wörter fehlten, fügte sie neue hinzu, und wenn sie etwas nicht wusste, ließ sie ihrer Fantasie freien Lauf. So wurden die Faschisten von Jahr zu Jahr zahlreicher und gemeiner und heckten immer raffiniertere Hinterhalte aus. Doch der junge Basilio ließ sich nicht schnappen, er koordinierte und attackierte, er sabotierte und befreite, er drückte schneller ab als Rambo und erweckte Tote zum Leben.

»…ich ging hin und sah den blutenden Giustizia im Gebüsch liegen, einen Arm zu mir emporgestreckt. Als seine Lippen sich bewegten, kam nur Blut herausgespritzt. Er bettelte um Hilfe. Ich schaute mich weiter um und fand auch Fulmine, dann Rosso, alle lagen da und krepierten. Wo ich auch hinsah, überall Kameraden, aufgeschlitzt wie Tomaten. Etwas weiter weg hörte ich Zweige rascheln: Der Feind war immer noch da. Ich hatte keine Zeit zu verlieren. Ich packte sie mir auf die Schultern und rannte zum Bach.«

Und während die Zuhörer schnarchten, ließ der Großvater sich beim Vorlesen zunehmend von seinen eigenen Heldentaten mitreißen. Was für ein aufregendes Leben er hinter sich hatte! Seine Vergangenheit war ein einziges Abenteuer! Die jungen Leute von heute hatten keine Werte und keinen Arsch in der Hose. Ach, wenn Rebecca doch nur verstehen könnte, wie anders das Leben damals war! Aber sie war ein so sensibles Wesen, das dazu bestimmt war, die Natur zu betrachten.

Nach der Ansprache wurden die Kinder wach gerüttelt, damit sie den Blumenkranz vor dem Denkmal ablegten. Dazu baute Bürgermeister Goffredo sich neben Basilio auf.

»Und nun, nachdem diese fesselnden Schilderungen sich für immer in unsere Seelen eingemeißelt haben, möchte ich euch bitten, eine Minute mit mir zu schweigen.« Der Bürgermeister, Basilio und Rebecca schlossen die Augen. Der alte Kommandant trauerte um seine verstorbenen Freunde, Rebecca freute sich, dass sie ihren Großvater wieder einmal zufriedengestellt hatte, und Goffredo genoss die Vorfreude auf die Pappardelle mit Wildschwein-Sugo, die er zum Mittagessen bekommen würde. Als sie die Lider wieder aufschlugen, waren alle anderen längst verschwunden.

Goffredo schüttelte dem alten Partisan zum Abschied die Hand.

Auf dem Nachhauseweg kamen Basilio und Rebecca am Obst- und Gemüseladen vorbei und sahen ein Schild mit der zittrigen Aufschrift: *OGI APPERTO* – HEUTE GEOFFENET.

»Mann, Mann, Mann! Der kann noch nicht mal ordentlich Italienisch«, grummelte Basilio empört. »Und was erlaubt der sich eigentlich, an einem Feiertag wie diesem seinen Laden aufzumachen?«

Aufgestachelt und selbstsicher beschloss er, in das Geschäft zu gehen, um dem ausländischen Neuen ein paar nützliche Ratschläge zu erteilen. Wenn er in ihrem Dorf leben wollte, musste er über die lokalen Sitten und Bräuche Bescheid wissen.

»Schatz, du bleibst hier draußen, sonst wird er gleich schüchtern«, befahl er seiner Enkelin, die sich brav vor der Eingangstür versteckte.

»Guten Tag, Fremder!«

»Guten Tag«, grüßte der Obstverkäufer zurück.

»Geben Sie mir den Radicchio da unten, zwei Artischocken und ein Bund Radieschen, heute Abend wird gefeiert.«

Der Mann sagte keinen Mucks und packte das Gemüse in eine Papiertüte.

»Hast du gehört, was ich gesagt habe? Heute ist Fei-er-tag«, skandierte Basilio und machte sich auf seinen Absätzen groß. »Vermutlich weißt du nicht mal, was für ein Feiertag das ist.«

»Doch, doch, ich weiß«, antwortete der andere lächelnd.

Basilio krächzte mit einem heiseren Lachen. »Was willst du schon davon wissen!«

»Doch, doch, ich weiß«, beharrte der Mann. »Heute ist Fest der Befreiung. Ich und du gleich: Meine Großvater auch Partisanen«, versicherte er und boxte sich mit der Faust gegen das Brustbein.

»Was sagst du?« Basilio machte einen Satz nach hinten.

»Meine Großvater auch Partisanen wie du. Gestorben in Bergen, in Krieg für große Jugoslawien. Nur vierundzwanzig Jahre.«

Basilio fuhr entsetzt auf. Er sah sich wieder als jungen, schlanken Mann, in Lumpen gekleidet, mit ungepflegtem Bart und getrocknetem Schlamm auf Stirn und Hals, der an seiner Haut zog, während er über ein Feld mit hohem, dichtem Gras robbte, die zusammengerollten Flugblätter im Gewehrlauf versteckt, und darauf wartete, dass die Dunkelheit hereinbrach. Er musterte den Verkäufer von Kopf bis Fuß, bis er einen Krampf im Nacken bekam, unentschlossen, ob er ihm glauben sollte oder nicht.

»Willst du mich verarschen?«

»Was ist *fürarschen*?«

»Arsch!«

Der Mann verschwand im Hinterzimmer und kam mit einem versengten Schwarz-Weiß-Foto zurück. Darauf war ein junger Mann mit schweren Stiefeln und Flinte verewigt, der halb unter Schnee begraben war, mit strahlendem Blick und dem Soldatenlächeln, das auch Basilio in den glorreichen Monaten des Widerstands zur Schau gestellt hatte. Seine Augen füllten sich mit Tränen, und das Herz wurde ihm so schwer, dass es wehtat.

»Wie heißt du, mein Junge?«

»Goran.«

Er packte ihn am Hemdkragen und zog ihn mit einer einzigen Armbewegung im rechten Winkel zu sich herunter, bis seine spitze Nase fast gegen seinen Höcker stieß.

»Ab heute bist du einer von uns, Goran mit den eisigen Augen! Gehen wir ins Rambla und begießen das mit einem kleinen Grappa. Ich lade dich ein.«

»Eine Moment«, bremste ihn der junge Mann. »Ich habe hier Grappa von meinem Onkel Stanislao. Ich lade dich ein zu Rakija.«

Er kramte zwei kleine Schnapsgläser unter dem Tresen hervor, stellte sie nebeneinander auf und füllte sie bis zum Rand.

»Na dann, *živeli!*«, rief Goran mit erhobenem Glas.

»*Zipfeli!*«, ahmte der Alte ihn nach.

Während er das Schnäpschen hinunterstürzte, sah Goran irgendetwas Tiefblaues im Türrahmen aufblitzen. Hinter den beiden Vorhanghälften bewegte sich etwas. Er neigte den Kopf, um besser sehen zu können, und stieß auf ein Rehauge, das ihn ängstlich musterte.

Als er Anstalten machte, hinter dem Tresen hervorzukommen, war das Auge auch schon hinter umherwirbelnden Zöpfen verschwunden.

12

Mustergatten

Wenn Cesare in die Bar ging, schloss Irma manchmal die Tür hinter sich ab und versteckte den Schlüssel in einem alten Arbeitshandschuh in der Sitztruhe, in der sie draußen Kaminholz und Altpapier aufbewahrten. Dann stieg sie vorsichtig die Treppe hinunter, ans Geländer geklammert, damit sie nicht stolperte und sich den Oberschenkel brach, und ging vor an die Straße. Wenn hinter der Kurve keiner dieser furchtbaren Motorradfahrer auftauchte, die sie an jedem Tag der Woche »Sonntagsraser« nannte, folgte sie dem Grasstreifen neben der Fahrbahn bis zum nächsten Haus, ungefähr hundert Meter weiter, in dem Riccardo und Franca wohnten.

Der Nachmittag war ruhig und luftig, für eine kurze Weile blieb das Dorf von der Schwüle verschont. Irma hatte einen geblümten Hauskittel angezogen, aus dem ihre Waden unten herausschauten, in Stützstrümpfe gezwängt und prall wie gefüllte Schweinsfüße.

Franca saß mit ihrer dicken Brille mit selbsttönenden Gläsern im Garten, auf dem Kopf ein breitkrempiger Strohhut mit cremefarbenem Band, das auf der linken Seite zu einer

Schleife gebunden war, auf dem Schoß eine Schüssel und eine zweite, kleinere auf einem Holzhocker.

»Hallo!«, rief Irma nach dem Fußmarsch ganz außer Atem, um sie auf sich aufmerksam zu machen.

»Huhu!« Franca hob die Hand, in der sie ein Küchenmesser hielt. Die Klinge funkelte in der grellen Sonne. »Komm nur rein! Ich putze Bohnen.«

Irma ging zu ihr, lupfte die kleine Schüssel hoch und setzte sich auf den Hocker, um Luft zu schnappen.

Als hätte Franca ihr Kommen geahnt, lag ein zweites Messer auf der Fensterbank. Irma öffnete ihre Hand und ließ sich eine Portion Bohnen zum Putzen geben.

»Das entspannt mich«, kommentierte sie.

»Mich auch. Dann geht die Zeit schneller rum, vor allem, wenn ich allein bin.«

Es erzeugte ein fröhliches rhythmisches Knirschen, wenn die Klingen in das rohe Gemüse drangen.

»Na ja, wer weiß, was die sich da jeden Tag in der Bar zu erzählen haben... eine schlechte Angewohnheit«, beklagte sich Irma über die Männer.

»Das machen sie nur, um uns Frauen los zu sein...«

»Ha, die halten sich wohl für sehr schlau! Wenn die wüssten, was für einen Gefallen sie uns damit tun!«

Franca lachte vergnügt. »Dabei bin ich froh, dass Riccardo seine Zeit in der Bar verbringt... Er ist jetzt so lieb geworden...«

Irma nickte und senkte den Blick wieder auf die Bohnen. Sie hoffte, dass die Freundin ihre geröteten Wangen nicht bemerkte. Riccardo war ein großer Schwerenöter gewesen, und Franca hatte die bösen Gerüchte immer geduldig ertragen. Zur Freude seiner Frau hatte er sich durch die Krankheit verändert und interessierte sich nur noch für Heim und Bar. Sie wirkte wie neugeboren, von einer neuen Energie durchdrungen, die sie alles idyllisch in romantischem Licht sehen ließ.

»Wenn du wüsstest, wie brav er ist... er kommt ganz früh nach Hause. Ihm schmeckt alles, was ich koche. Er muss jetzt eine spezielle Diät einhalten, weißt du, aber er beschwert sich nie. Und er hört aufs Wort...«

Irma lächelte gerührt. Vor Jahren hatten Franca und Riccardo einen Hund besessen, Tobia. Von ihm hatte Franca auch immer gesagt: »Er hört aufs Wort...«

»Ein Mustergatte«, murmelte Irma in einem Tonfall, der schwer zu deuten war. Lag da Sarkasmus in ihren Worten? Franca beschloss, ihn zu überhören.

»Ja, das kannst du laut sagen. Riccardo ist ein Traum von einem Mann, genauso wie ich ihn mir immer gewünscht habe.« Ihr Lächeln war voller Dankbarkeit.

»Wenn du willst, kriegst du meinen noch gratis dazu. Der verkalkt von Tag zu Tag mehr.«

Franca brach in Gelächter aus.

»Im Ernst«, beharrte Irma. »Nur wenn er in die Bar gehen will, schmiert er mir Honig ums Maul. Zu Hause rührt er keinen Finger, während ich von morgens bis abends schufte und ihm alles hinterhertrage wie einem Kleinkind. Neulich wollten wir Tommaso besuchen, und als wir endlich ins Auto steigen wollten, konnte er seine Brieftasche mit den Papieren nicht finden...«

»Ach!«

»Wir haben eine halbe Stunde danach gesucht, sind wieder reingegangen und haben jedes einzelne Zimmer auf den Kopf gestellt.«

»Und, habt ihr sie gefunden?«

»Klar. Und weißt du, wo?«

»Wo denn?«

»Auf dem Autodach. Vom Balkon aus habe ich sie entdeckt. Cesare sagte, es sei meine Schuld, dass er sie da oben habe liegen lassen, ich würde ihn mit meinem Gemecker ganz kirre machen...«, sie schüttelte abfällig den Kopf.

»Mit den Männern muss man geduldig sein...«, vertraute Franca ihr an, »sehr geduldig... Ich musste ja auch lange warten, aber nun sieh selbst...« Sie wiegte den Kopf hin und her und neigte ihn schließlich zur Seite.

Irma zog eine Grimasse: Franca war ihrem Mann treu ergeben, aber bei ihr selbst hatte die Geduld irgendwann ein Ende.

Das ferne Geklimper eines Windspiels lenkte die beiden von ihrem Plausch und von ihrer Arbeit ab. Auf der anderen Straßenseite, ein paar Dutzend Meter von ihnen entfernt, stand das schmale hohe Häuschen mit dem schrägen Dach von Orvilla der Katzenfrau.

Orvilla lebte allein inmitten von über zwanzig wilden Katzen, die sie dem Apennin abgeluchst hatte. Manche Leute gingen in den Wald, um Brombeeren oder Wacholder zu sammeln, andere suchten Kastanien oder Pilze, je nach Jahreszeit. Orvilla schnappte sich den Käfig und machte sich im Unterholz auf die Suche nach Kätzchen.

»Bevor die Wilderer kommen...«, rechtfertigte sie sich.

Auch in der Katzengemeinde hatte das Maunzen über Orvillas Schwäche bereits die Runde gemacht, und die Katzen nahmen die Pfoten unter die Arme, wenn sie ihr schrilles »Miezimiezimiezimiez!« und das gruselige Schnalzen ihrer Luftküsschen hörten.

Hin und wieder spielte ihr die natürliche Auslese in die

Hände, und ein verirrtes, schon völlig entkräftetes und verzweifeltes Kätzchen lief ihr in die Arme.

»Oh, armes Kleines, suchst du jemanden, der dich krault, ja?« Sie überhäufte es mit Küsschen und Liebkosungen, setzte es in den Käfig und nahm es selig mit nach Hause.

Wenn sie das Haus betraten, begann das metallene Windspiel zu jubeln, das bei jeder Bewegung der Tür und bei jedem Luftzug klimperte. Die Mieze würde bald lernen, dass dieser Klang ein mahnendes Symbol für das Aufgeben eines jeden Wunschtraums war. Schon an der kleinen Eingangstür schlug dem jungen Kätzchen ein durchdringender Geruch entgegen, es stank nach Ruß, Zigarrenrauch, umgekippter Gemüsebrühe, vor allem aber nach dem Urin verzweifelter Katzen, die schon unzählige vergebliche Fluchtversuche unternommen hatten.

Das Haus zwängte sich zwischen eine unbehauene Felswand und die Bundesstraße, einen Todesstreifen, auf dem die Menschen mit allen möglichen Fortbewegungsmitteln dahinrasten: von den kleinen unmotorisierten Karren der Bauernkinder bis hin zu den Raupenfahrzeugen der Bauarbeiter. Es gab kein Entkommen: Wenn die kleinen Katzen Orvillas Zigarrenrauch und Ofenqualm mit kaputten Lungen überlebten, wurden sie spätestens von den Reifen und Kotflügeln der Autos abgemurkst. Dann rief Orvilla eine fünftägige Trauer aus, beerdigte den kleinen Kadaver unter ihrem winzigen Stück Rasen und machte sich auf die Suche nach neuen süßen Katzenjungen, die sie wieder fröhlich stimmten.

Wie gesagt, Irma und Franca hörten also das Windspiel klimpern und reckten die Hälse. Gegenüber sahen sie drei Frauen, von denen die eine Orvilla war und die anderen beiden sportliche junge Mädchen. Orvilla schüttelte erregt den Kopf und schickte sie mit zur Straße ausgestrecktem Arm fort.

»Wer sind die beiden?«

»Bestimmt von den Zeugen Jehovas, lass uns reingehen.«

Sie waren nicht schnell genug: Die beiden Frauen hatten sie bereits entdeckt und fuchtelten wild mit den Armen.

»Mist, sie haben uns gesehen!«, zischte Irma mit zusammengebissenen Zähnen.

»Wir tun einfach so, als wär nichts. Hilf mir beim Aufräumen.«

Eine Minute später betraten die beiden jungen Frauen den Hof. Sie trugen eng anliegende Jeans, weiße Polohemden und Tennisschuhe und verströmten aus jeder ihrer Poren Frische, während sie mit wiegenden Hüften auf sie zukamen.

»Guten Tag!«, sprach eine der beiden sie gleich an, eine Bohnenstange mit schmaler langer Nase, zierlichem Hals, den sie leicht vorstreckte, als müsse sie ihren Körper ausbalancieren. »Wenn Sie nur eine ganz kleine Minute hätten. Wir würden gern mit Ihnen über die Seniorenresidenz reden, die nächsten Samstag eröffnet wird, die Villa dei Cipressi. Haben Sie schon davon gehört? Wir würden Ihnen gern einen Prospekt dalassen.«

Franca und Irma beäugten die Broschüre. Auf dem Deckblatt prunkte die Villa, ein imposantes helles Gebäude, das eher aussah, als sei es geplant worden, um wichtige, hochrangige Persönlichkeiten zu beherbergen statt einfache Alte vom Land.

»Wir wissen schon alles«, antwortete Irma.

»Ja, mein Mann hat mir davon erzählt. Mein Mann teilt nämlich alles mit mir«, meinte Franca klarstellen zu müssen.

»Wie romantisch!«, schwärmte die Bohnenstange. »Wussten Sie schon, dass wir auch Zwei-Zimmer-Apartments im Angebot haben, für Gäste, die gern als Paar zu uns kommen möchten?«

Die Freundinnen schüttelten den Kopf.

»Das ist wie in einem Luxushotel. Bei uns können sich dann beide pflegen und verwöhnen lassen, ohne sich um irgendetwas zu kümmern.«

Franca und Irma entschlüpfte instinktiv ein Laut der Anerkennung, ganz automatisch, so wie man ihn Fremden gegenüber äußert, wenn sie Persönliches erzählen und man sie nicht enttäuschen will. Sie brauchten ein paar Augenblicke, um das Gehörte zu verarbeiten, einen Moment lang hörten ihre Köpfe auf, sich hin und her zu drehen, ihre Augenbrauen zogen sich zusammen, und ihr höfliches Lächeln verzerrte sich zu einem ratlosen Schmollmund.

»Moment mal. Wir müssten uns nicht mehr selbst um unsere Männer kümmern?«, wiederholten sie mehr oder weniger aus einem Munde.

»Ganz genau.«

»Aber wenn wir uns nicht mehr um sie kümmern, was machen wir dann die ganze Zeit?«, fragte Irma.

»Unser Leben würde doch gar keinen Sinn mehr machen«, fügte Franca hinzu.

Die eine Frau schlug sich mit der Hand gegen die Stirn. »Das ist typisch für Ihre Generation...«, hielt sie ihnen vor und blinzelte ihrer Kollegin zu, die kleiner war, krauses Haar hatte und rundliche Formen. »Sie meinen also, es sei Zeitverschwendung, wenn Sie Ihre Tage nicht mehr damit zubringen, Ihre Männer zu bedienen...«

Irma und Franca wurden neugierig. Beide hatten das Gefühl, als würden sie Zeuginnen von etwas Neuem, Exotischem, das einerseits erschreckend war, aber auch faszinierend genug, um einen zweiten Blick zu riskieren.

»Ist es denn nicht so?«, wollte Irma wissen.

Statt einer Antwort machte die rundliche Kollegin drei Schritte auf die Schüsseln zu. »Was ist denn da drin?« Sie steckte die Nase hinein und griff mit der Hand in die glatten, samtigen Bohnen. »Oh, lecker. Damit haben Sie sich also gerade beschäftigt…«

»Ja, die kochen wir unseren Männern heute zum Abendessen, wenn sie aus der Bar heimkommen…«, begann Franca zu erklären, der es nur gut ging, wenn sie Riccardo in jedem Satz erwähnen konnte.

»Offenbar sind Sie daran gewöhnt, mit den Händen zu arbeiten«, folgerte die junge Frau. »Aber wenn Sie statt der Bohnen nun mit Ihren Händen etwas *Kreatives* geschaffen hätten… einfach nur so, aus purer Freude an der *Kreativität*?«

Franca und Irma warfen sich erneut fragende Blicke zu, während die Frau den Prospekt aufschlug.

»Sehen Sie mal hier, das ist unser Kursangebot: Töpfern, Origami, Heimwerken, Dekoratives aus Obst, Stoffpuppen und Bemalen von Steinen. Wo Sie Handarbeiten doch so mögen!«

»Aber nicht nur Ihre kreativen Fähigkeiten können Sie bei uns ausleben«, fügte die Bohnenstange hinzu, »wir haben auch Entspannungstechniken und Achtsamkeitstraining im Programm sowie verschiedene Arten der Meditation zum Wiedererlangen des inneren Gleichgewichts und zur Entdeckung des eigenen Ich, zum Beispiel Autogenes Training, Yoga und das ganz neue Qigong.«

»Das was?«, fragte Franca verwirrt.

»King Kong!«, klärte Irma sie auf.

»Nein! Qigong: Das ist eine asiatische Bewegungslehre, die aus dem Zusammenspiel traditioneller chinesischer Medizin und Kampfkunst entstanden ist.«

»Nein, nein, Riccardo sagt immer, von diesem chinesischen Zeug soll man lieber die Finger lassen«, sagte Franca prompt.

»Mag sein, trotzdem könntest du sie wenigstens ausreden lassen, oder?«, wies Irma sie zurecht, die durchaus Interesse daran hatte, ihr eigenes Ich wiederzuentdecken, und sich von diesen spielerischen Aktivitäten eine Abwechslung vom täglichen Trott erhoffte. Cesare lag ihr ständig in den Ohren, was für eine Nervensäge sie doch sei, und den Blicken ihrer Kinder Anna und Tommaso meinte sie dieselbe Auffassung zu entnehmen. Sie erinnerte sich an Zeiten, wo sie sich nie und nimmer als Nervensäge definiert hätte, an Zeiten, wo sie sich für eine zähe, starke, tatkräftige, fleißige und großherzige Frau hielt. Cesares Anschuldigungen und Klagen hatten sie verunsichert und ihren Charakter verändert. Natürlich ließ sie sich ihm gegenüber nichts anmerken. Sie gab sich resolut wie immer, das übliche herrische und zupackende Auftreten, die alten routinierten Gesten. Aber hin und wieder, wenn ihr Mann sein Hörgerät ausschaltete und einfach wegging, während sie noch mit ihm redete, oder wenn er sich schlafend stellte, weil er keine Lust hatte, ihr eine Antwort zu geben, dann fühlte sie sich verloren. War sie wirklich so unerträglich? Empfanden Cesare, die Kinder und Enkel ihre alltäglichen kleinen Aufmerksamkeiten wirklich als einengend, aufdringlich und lästig? Wäre es in diesem Fall nicht sogar eine gute Idee, mal an sich selbst zu denken und sich in etwas Neues zu stürzen?

»Vielen Dank, aber wir haben kein Interesse, stimmt's, Irma? Wir sind vollkommen ausgelastet und glücklich mit unseren Familien«, antwortete Franca, die das Gerede der Frauen langweilte.

»Ja, ja. Aber lassen Sie uns ruhig mal einen Prospekt da...« Irma deutete ein Lächeln an. Ihre Freundin drehte sich zu ihr um, um sich zu vergewissern, ob sie das ernst meinte.

Die Rundliche nickte. »Sehr gern, wir wollten Sie nicht unter Druck setzen, sondern nur erwähnen, dass es nie zu spät ist, ein erfülltes Leben zu führen.«

»Mit oder ohne Ehemann«, schloss ihre Kollegin.

Tuschelnd und mit wiegenden Hüften gingen sie zur Haltestelle des Regionalbusses.

»Sag mal, dieser feministische Blödsinn interessiert dich doch nicht wirklich?«, Francas Blick pendelte zwischen dem Prospekt und Irma hin und her.

»Also, ich bitte dich, das war doch nur, damit sie zufrieden sind und abhauen«, gab sie knapp zurück. Sie wusste, dass Franca das nicht verstehen würde, schon gar nicht in dieser Phase ihres Lebens.

Sie ließ den Prospekt in der Tasche ihres Kittels verschwinden.

»Ich gehe dann auch mal, ist spät geworden...«

»Steck ein paar Bohnen ein für heute Abend.«

»Gern, und ich bringe dir nächstes Mal Pfirsiche mit, mein Baum hängt voll davon.«

Sie teilten sich die Bohnen, und Franca begleitete ihre Nachbarin über den Hof. In der Ferne sahen sie Orvilla mitten auf der Straße mit einer Schaufel herumhantieren. Als sie ihr zuwinkten, erwiderte sie den Gruß mit finsterer Miene, dann hielt sie inne und wischte sich mit der Hand über die Stirn.

»Alles in Ordnung?«, rief Franca ihr vom Gatter aus zu. Orvilla schüttelte jämmerlich den Kopf. Dann bückte sie sich wieder, um mit der Schaufel das Fell zusammenzukratzen, das dort traurig am Asphalt klebte.

13

Die Einweihung der Villa dei Cipressi

Am Morgen der Einweihung der Villa dei Cipressi wachte Goran früh auf. Auch für ihn war dies ein besonderer Tag.

Gleich nach dem Aufstehen kramte er aus dem Bettkasten einen verstaubten alten Kalender hervor, an dem er sehr hing. Er stammte aus dem Jahr 1975 und war Marschall Tito gewidmet, ein letztes Symbol des zerbrochenen Traums von einem geeinten Jugoslawien. Er war ein Geschenk seines Vaters. Voller Rührung blätterte Goran darin: Monat für Monat priesen die farbigen Seiten einen sagenumwobenen Helden, der es vollbracht hatte, verschiedene Völker zusammenzuhalten, listig mit den Mächtigen der Welt zu verhandeln und die begehrenswertesten Diven der Filmkunst zu bezirzen. Im April sah man ihn mit einem Gepard an der Leine spazieren gehen, im Juni saß er in einem Liegestuhl in den Weinbergen der Brijuni-Inseln, im September lehnte er in einem langen Mantel an seinem Cadillac, und im Oktober ließ er sich von dem Elefanten, den Indira Gandhi ihm geschenkt hatte, mit dem Rüssel liebkosen. Auf der letzten Seite jubelten ihm Kinderscharen mit erhobenen Armen zu, die Milchzähne hervorstehend wie bei kleinen Hasen. An einem Januartag war Goran als kleiner Junge am Küchentisch auf den Schoß seines Vaters geklettert, und sie hatten gemeinsam den Kalender durchgeblättert. »Schau mal, siehst du den Jungen hier links in der dritten Reihe? Das bin ich!«, hatte sein Vater gewitzelt. Und Goran hatte ihn unendlich bewundert.

Goran küsste jede einzelne Seite mit großer Hingabe und nahm in nostalgischer Andacht ein Frühstück aus Wurst, roher Zwiebel und Paprikapaste zu sich. Er holte Papier und Stift und hängte ein Schild ins Schaufenster seines Ladens, auf dem stand: *OGI CIUSO: COMMPLEANO TITO* – HEUTTE GESLOSSEN: GEBBURTSTAG TITO. Als das erledigt war, nahm er das Telefon und führte fünfzehn Gespräche mit Freunden und Verwandten. Dann schlug er die Beine übereinander und gönnte sich zum Festtag ein ausgedehntes Schläfchen.

Derweil bereitete sich Le Casette di Sopra auf das Ereignis des Jahres vor. Schon seit Monaten redeten Zeitungen, Lokalfernsehen, Bürgermeister, Gemeinderäte, Friseurinnen, Tabakhändler und Postangestellte von nichts anderem. Sogar die Kinder wussten, dass sie ihre Großeltern demnächst in einem Gebäude besuchen mussten, das so groß war wie ein Schloss und so modern wie ein Prunkbau aus Glas.

Bürgermeister Goffredo, Corrado und die Angestellten der Gemeinde hatten das Dorf an den drei vergangenen Tagen umgekrempelt wie einen Handschuh. Sie hatten jeglichen Müll beseitigt und jeden Winkel mit bunten Spruchbändern, Fähnchen und Plakaten dekoriert, auf denen strahlende Alte mit blendend weißen Zähnen prangten, die besser zu einer Reklame für Corega Tabs gepasst hätten als zur Eröffnung eines Pflegeheims.

In dem kleinen Pinienwald neben der Villa dei Cipressi wurde eine große überdachte Bühne aufgebaut, geschmückt mit üppigen Gestecken des örtlichen Blumengeschäfts in Zusammenarbeit mit dem Bestattungsinstitut, das die Veranstaltung als Sponsor unterstützte.

Genau nach Plan wurde die Bühne um sechzehn Uhr von Scheinwerfern erhellt, und ein Dutzend junger Majoretten in kurzen Krankenschwesterkitteln und weißen Stiefelchen marschierten auf, wirbelten zu Trommel- und Pfeifenklängen Stäbe durch die Luft, formierten Achterkreise, tauschten die Plätze und drehten Pirouetten, ohne dabei je das Lächeln zu vergessen. Ihre rot angemalten Lippen glänzten wie fliegende Kirschen, die jeden Mann dazu verlockten, den Arm auszustrecken, um sie aufzufangen.

Jubel und Applaus erhoben sich aus der Menge der Zuschauer, die noch nie ein so pompöses Fest erlebt hatten, vom traditionellen Karnevalsumzug einmal abgesehen.

Um das Publikum nicht abzulenken, lehnte Rebecca etwas abseits an einem Baumstamm und fotografierte die Tänze und Ansprachen hinter ihrem Objektiv versteckt.

Die Freunde aus der Rambla-Bar standen unter den Zuschauern verstreut. Basilio hatte der Truppe angeordnet, sich unauffällig unter den Anwesenden zu verteilen.

»Ich bin hocherfreut, dass Sie so zahlreich erschienen sind«, sagte Direktor Cimino ins Mikrofon. »Wie Sie alle wissen, handelt es sich bei der Villa dei Cipressi um eine Erweiterung der früheren Seniorenresidenz unten in Le Casette di Sotto. Wir haben lange für diese neue Einrichtung gekämpft, und nach vielen Entbehrungen dürfen wir das großartige Ergebnis nun alle mit eigenen Augen bewundern. Unsere Gäste wurden bereits verlegt und können sich nun an größeren, moderneren Zimmern mit Klimaanlage und einer herrlichen Aussicht auf die Berge erfreuen.«

Der nächste Programmpunkt sah vor, dass drei ausgewählte Heimbewohner auf der Bühne von ihren Erfahrungen berichteten. In der Moderatorin erkannten Franca und Irma die Bohnenstange wieder, die sie besucht hatte, nur trug sie das Haar diesmal in einem Dutt zusammengefasst.

»Was mögen Sie im Altersheim am liebsten?«, fragte sie ins Mikrofon.

Ein bis zum Hals in eine blaue Decke eingewickeltes altes Muttchen im Rollstuhl antwortete: »Das Blumenkohlpüree.«

»So ein Zufall! Das ist auch mein Lieblingsgericht!«, der Direktor klatschte übertrieben begeistert in die Hände. »Schluss mit fader Brühe! Wer sagt denn, dass wir im Alter auf Gaumenfreuden verzichten müssen? Unser neuer Koch kredenzt jeden Tag samtige Cremesuppen und köstliche Bouillons wie in den besten Sternerestaurants. Kommen Sie und probieren Sie selbst!«

Der zweite Interviewte, ein Todgeweihter, dessen Kopf in einer ewigen Zentrifugalbewegung rotierte, ließ verlauten: »Der... die... der.« Als das folgende Wort auch nach drei Versuchen unverständlich blieb, behauptete die Assistentin, das Mikrofon habe wohl Aussetzer, und würgte ihn brutal ab.

Der Letzte, der nur mit einem Stock ausgerüstet war, erklärte: »Wenn schönes Wetter ist, setze ich mich auf eine Bank und schreibe Gedichte.«

»Ein Poet!«, begeisterte sich der Direktor etwas überspannt. »Wie viele von uns haben sich den Rücken kaputtgeschuftet, um die Familie zu ernähren, und dafür die eigenen künstlerischen Ambitionen geopfert? In unserem zwei Hektar großen Park können Großeltern und Pensionäre endlich ihrer Inspiration freien Lauf lassen, sich in unsere kleinen Pagoden setzen und, umgeben von blühenden Magnolien, Musikstücke und Bestsellerromane schreiben.«

Ein stürmischer Applaus brandete los, und die Band begann zu spielen.

Als in der Ferne die Trommeln schlugen, wachte Goran auf und schlenderte, in Leinenhosen und mit offenem Hemd, gemütlich zum Dorfplatz. Er blieb am Rande stehen, lehnte sich gegen einen Pinienstamm, die Hände in den Taschen und einen Grashalm im Mund, und verfolgte die Ansprache des Bürgermeisters wie jemand, der ein Fest besucht, zu dem er nicht eingeladen ist.

»Und nun werden unsere Mitarbeiterinnen Prospekte verteilen, in denen Sie auch das Anmeldeformular finden und gratis dazu einen Gutschein für die erste Vorstellung in unserem Filmklub: eine Reihe von Filmvorführungen, die ein Team sachkundiger Psychologen für unsere Gäste ausgewählt hat.«

Kaum mischten sich die uniformierten Mädels unters Publikum, gab es ein Hauen und Stechen um die Broschüren, manche klaubten sie vom Boden auf, andere warfen sie wie Konfetti umher. Als es nichts mehr zu verteilen gab, stellten die Mädchen sich wieder in zwei Polonaisen auf und kletterten die beiden Leitern an den Seiten der Bühne hinauf. Dort drehten sie eine letzte Runde, nach der sie plötzlich, wie durch Zauberei, Dutzende von Sektflaschen bereithielten, mit denen sie das Publikum bespritzten.

Gino spürte, wie sich etwas mit aller Kraft an sein linkes Hosenbein hängte.

Er senkte den Kopf und fand sich nur wenige Zentimeter von der Nase eines schlauen Gesichtchens entfernt, das von einem Helm eingerahmt wurde, der glänzte wie das Federkleid einer Amsel.

»Michelina! Du bist auch hier?«, diesmal war es leicht gewesen, sie wiederzuerkennen.

»Ja, meine Mama ist mit mir hergekommen, damit ich die Majoretten sehen kann. Wenn ich groß bin, werde ich Ballerina.«

»Oh, wie schön.«

»Oder Paläontologin... oder Maskenbildnerin... oder Politesse... oder Sängerin... oder...«

»Alles, aber keine Politesse! Versprochen?«

Sie kratzte sich kichernd den Bauch. »Versprochen.«

»Michela, komm sofort her, du weißt genau, dass du da nicht hindarfst!«, rief ihr ein Junge voller blauer Flecken und mit aufgeschürften Knien zu, der sie aus sicherer Entfernung überwachte.

Sie machte eine besorgte Miene und rückte näher an den Alten ran.

»Stimmt es, dass du gefährlich bist?«, flüsterte sie ihm ins Ohr.

»Sehe ich denn gefährlich aus?«

»Mama sagt, ich soll einen großen Bogen um deine Ape machen, auch wenn sie aus ist, und wenn ihr noch mal zu Ohren kommt, dass ich sie dir angeschoben habe, bekomme ich den ganzen Sommer Stubenarrest.«

Bevor der bestürzte Gino etwas erwidern konnte, löste sich das Mädchen nach einer weiteren deutlichen Ermahnung des Jungen in Luft auf.

»In wenigen Minuten erfolgt am Eingang das feierliche Zerschneiden des Bandes, und im Anschluss eröffnen wir das Büfett!« Die aufgeregte Stimme des Direktors übertönte mit dem Mikrofon das Geplauder der Menge.

Wer das Büfett genießen wollte, musste den roten Pfeilen auf den Lampions folgen und Schlange stehen. Im Mehrzwecksaal warteten Unmengen von Gebäck, Tramezzini, Torten und Puddings für jeden Gaumen und jedes Gebiss, dazu gab es Wasser, Saft und Kräuter- und Früchtetee.

»Halt! Wo wollt ihr denn hin?«, rief Basilio, als seine Kumpel sich artig in die Schlange einreihten.

»Wir gehen was essen, ist doch umsonst«, antwortete Ettore ehrlich.

»Nein! Das ist viel zu gefährlich! Die unterziehen euch einer Gehirnwäsche, und wenn ihr erst mal drin seid, lassen sie euch nicht mehr raus. Wer weiß, was die unter das Zeug gemischt haben. Bah!«, und er spuckte theatralisch auf den Boden.

»Verabschiedet euch unauffällig von Nachbarn und Verwandten, in einer Viertelstunde treffen wir uns in der Bar.«

Kurze Zeit später verriegelte Elvis die Eingangstür mit einem Holzbalken, machte Licht und erklärte Rauchen und Rülpsen für gestattet.

»Habt ihr euch mal gefragt, warum das Heim ausgerechnet ›Villa dei Cipressi‹ heißt?« Kaum saßen alle um den gewohnten Tisch versammelt, begann Basilio mit seiner Standpauke. »Die Zypresse ist ein Symbol des Todes, und das Heim ist das Vorzimmer zum Tod! Sie wollen uns die Freiheit nehmen, zu tun und zu lassen, was wir wollen: Da drin müssen wir dann essen, was sie sagen und wann sie es sagen, sie werden uns Pillen geben, damit wir schlafen und ruhig bleiben, und mit stumpfsinnigen Fernsehsendungen Schwachmaten aus uns machen, am Ende müssen wir auch noch Beschäftigungstherapie und Reha-Gymnastik über uns ergehen lassen. Außerdem sollen wir noch so tun, als machten wir uns vor Lachen in die Hose über diese dämlichen Klinikclowns, aber mit Kartenspielen und Boccia ist dann endgültig Schluss, vom Angeln ganz zu schweigen. Sie werden spezielle Besuchszeiten vorschreiben, zu denen unsere Verwandten uns besuchen dürfen, dieselben Menschen, die uns dahin abgeschoben haben! Eine Frechheit ist das! Wisst ihr, was ich euch sage: Sterben ja, aber in Würde!«

Allgemeine Zustimmung.

»Solange ich lebe, wird keiner, und damit meine ich kein Einziger von der Rambla-Brigade, einen Fuß da hineinsetzen. Haben wir uns verstanden?«

»Das kannst du laut sagen!«

Elvis spendierte allen eine Runde Grappa, und man erhob das Glas auf die Freundschaft.

Ettores Magen begann zu grummeln. Der Duft von Frikadellen, Tramezzini und frittierten Gnocchi war ihm in die Nase gestiegen und hatte seinen Appetit geweckt. Über die offiziellen Ansprachen hatte ihn nur die Vorfreude auf das Büfett hinweggetröstet. Aus der Villa waren die Aromen eines Menüs herübergeweht, die Gastlichkeit und Geselligkeit versprühten, eine willkommene Abwechslung von seiner alltäglichen Minestrone. Er steckte sich ein Minzbonbon in den Mund, um den Hunger zu überlisten, und schwieg wehmütig.

Die Freunde stürzten gerade die zweite Runde Schnaps hinunter, als es an die Tür klopfte. Sie schreckten auf und warfen sich nervöse Blicke zu.

»Das ist Corrado! Alles weg!«

»Riccardo, halt deinen Beutel zu!«

Elvis presste sich an die Tür und sah durch den Spion.

»Still! Das ist nicht Corrado!«

»Wer denn dann?«

Es war eine Alte in Morgenmantel und Windjacke, ziemlich klein und schmächtig, aber rosig im Gesicht und um die Hüften so weich wie eine Kochbirne.

Elvis öffnete instinktiv die Tür, und sie kam mit raschen Schritten hereingetippelt, wie eine kleine Japanerin, leicht vornübergebeugt, als suche sie etwas auf dem Fußboden.

»Lilli... Lilli...«, jammerte sie.

Vor der Tischrunde blieb sie stehen, und erst jetzt blickte sie den Anwesenden in die Augen.

»Ist Lilli hier?«

»Wer soll das sein?«

»Meine Katze. Sie ist weiß mit grauen und schwarzen Flecken.«

Sie nahm sich einen Stuhl und machte es sich zwischen Ettore und Cesare bequem. Hektische Blicke, Stühlerücken, Räuspern und Ohrenkratzen verrieten eine gewisse männliche Verlegenheit.

»Nein, wir haben keine Katze gesehen«, ergriff Riccardo das Wort.

Die zarten weißen Löckchen reichten ihr gerade eben über die Ohren. Ihre Augen waren himmelblau, die Augenbrauen zwei fast unsichtbare Linien, die Nase klein und gebogen, das Gesicht rund, die Wangen vom Alter gezeichnet, aber rosig.

»Wie war Ihr Name?«, fragte Elvis.

»Lilli.«

»Nicht der Ihrer Katze, sondern *Ihrer*!«

Basilio tippte sich mit dem Zeigefinger an die Stirn, um seinen Kameraden zu verstehen zu geben, dass bei der Signora eine Schraube locker war.

»Meiner? Teresa.«

Ettore schmolz dahin. Teresa, was für ein lieblicher Name!

»Ich bin Elvis, der Wirt hier, und das sind Basilio der Partisan, Cesare der Taube, Riccardo der Beutel, Gino Apecar und Ettore die Putte.«

Teresa schenkte allen ein kollektives Lächeln.

»Wo haben Sie Ihre Katze denn zum letzten Mal gesehen?«, hakte Cesare nach.

»Ich war in meinem Zimmer und habe das Fenster geöffnet, um frische Luft hereinzulassen, und da ist sie wohl entwischt.« Teresa hob den Arm, um auf eine Stelle hinter sich zu zeigen, und bei dieser Geste verrutschte der weiche Ärmel ihrer Jacke, und eine Banderole an ihrem Handgelenk blitzte auf. Basilio sprang auf.

»Hilfe!«, kreischte er und zeigte auf das Armband, »das ist eine von den Verdammten aus dem Heim! Eine wandelnde Tote!«

Er taxierte den gefügigen Blick, das kindliche Lächeln und die übertrieben entgegenkommende Art der Alten. Nicht einmal zu seinen Vorhaltungen hatte sie mit der Wimper gezuckt, es konnte also gar nicht anders sein.

»Die Ärmste hat sich verlaufen...«, folgerte Ettore.

»Von wegen verlaufen! Das ist eine Spionin! Die haben sie absichtlich zu uns geschickt!«

»Komm schon, hör auf, in allem eine Verschwörung zu sehen!«, mischte Gino sich ein. »Offensichtlich hat sie sich verirrt, wir müssen sie zurückbringen.«

»Ja, das machen wir! Wir können sie ja schlecht hierbehalten«, kamen die anderen überein.

»Ihr kapiert es wohl nicht! Sie ist der Köder, der uns anlocken soll. Wenn wir uns da zeigen, sind wir am Ende!«

»Jetzt sind doch alle mit dem Fest beschäftigt. Außerdem können sie uns zu nichts zwingen.«

»Die tragen uns ins Polizeiregister ein, glaubt mir! Und beim nächsten falschen Schritt...«

»Also, was machen wir?«, das war Riccardos Stimme.

»Ja, was?«, setzte Cesare nach.

All dies verfolgte Teresa wie eine Zuschauerin, als lausche sie den Figuren einer Fernsehserie. Elvis lupfte den Vorhang zur Seite und lugte hinaus: In der Dämmerung kamen vereinzelt Leute aus der Richtung der Seniorenresidenz. Sie plauderten, in der Hand den Prospekt, Blumen und alle möglichen vom Büfett stibitzten Leckereien. Ein weißer Kleinbus, der einem Krankenwagen ähnelte, kam im Schritttempo zur Kreuzung herunter, als wolle er sich dem Rhythmus der Fußgänger anpassen. Der Fahrer blickte aufmerksam auf den Straßenrand und schien jemanden zu suchen. Neben ihm saß eine vollbusige Kollegin mittleren Alters in hellem Kittel und inspizierte mit einem Hundefängerblick den Gehweg auf ihrer Seite. An der Kreuzung bog der Kleinbus links ab und fuhr mit mäßiger Geschwindigkeit an der verrammelten Bar vorbei.

»Hier fährt gerade der Bus vom Altersheim vorbei«, hielt Elvis die anderen auf dem Laufenden. »Die suchen sie schon!«

»Dann müssen wir warten. Wir können sie ja nicht hier hereinlassen«, verfügte Basilio.

»Wenn sie weg sind, bringe ich sie mit der Ape hin«, erklärte Gino.

»Nein!«, brüllten alle einstimmig, und eine Hand blockierte ihn auf seinem Stuhl.

»Idiotenhaufen«, kommentierte er.

»Ich bringe sie mit meinem Fiorino.« Elvis' Vorschlag schien die vernünftigste Lösung.

»Und was machen wir bis dahin?«, fragte Cesare. »Gewisse Dinge können wir vor ihr nicht besprechen.«

»Wir müssen sie ablenken.«

Sie wandten sich Teresa zu, die mit unverändert friedlicher Miene dasaß.

»Kannst du Karten spielen?«, fragte Basilio.

»Nein.«

»Nicht mal Rubamazzetto?«

»Nein.«

»Was kannst du denn?«

»Ich spiele gern ›Gerade oder Ungerade‹.«

»›Gerade oder Ungerade‹? Das ist doch ein Spiel für Kleinkinder!«

Trotz anfänglicher Vorbehalte traten sie reihum gegen sie an, und Elvis brachte ihr zur Beruhigung einen kräftigen Kamillentee. Sie sah aus, als hätte sie sich seit Ewigkeiten nicht mehr so amüsiert. Sie rief aufs Geratewohl Zahlen, schien aber fast mehr Spaß daran zu haben, die Arme nach rechts oder links auszustrecken, als den Punktestand zusammenzuzählen. Als es dunkel war, steckten sie sie ins Auto und winkten ihr zum Abschied, bis die Rücklichter des Wagens von der Nacht verschluckt wurden.

Eine Viertelstunde später kam Elvis zurück.

»Und? Haben sie dich festgehalten?«

»Ach was! Die haben mich nicht mal gesehen. Ich habe sie schon am Kreisverkehr rausgelassen, zwei Schritte vom Tor entfernt.«

»Aber... du hast sie doch nicht etwa ganz einsam und allein da auf der Straße stehen lassen?«, fragte Ettore besorgt.

»Einsam und allein... nun übertreib nicht! Außerdem habe ich sie nicht auf der Straße aussteigen lassen, sondern am Rand«, präzisierte Elvis. »Keine Sorge, Ettore, alles in Ordnung, ganz sicher.«

Die Bar war nun wieder von männlichen Gerüchen erfüllt, doch Teresas kurze Anwesenheit hatte die Schwingungen verändert. Was blieb, war eine frische Brise, die Ahnung von etwas Neuem.

14

Ein Wink des Schicksals

Zum ersten Mal seit Ermenegildos Tod wurde Ettore in der Nacht von einer neuen Heimsuchung gequält: einer armen Alten, die einsam im Dunkeln umherirrte. Elvis mochte sich ja sicher gewesen sein, aber wer garantierte ihm, dass Teresa tatsächlich unversehrt in ihrem Zimmer lag und schlief? Derselbe Elvis hatte zugegeben, dass er sie völlig gedankenlos am Kreisverkehr ausgesetzt hatte. Und wenn sie von dort in die falsche Richtung gelaufen war, nach Le Casette di Sotto? Dann hatte sie sich in den Haarnadelkurven, im Wald, in der stockdunklen Nacht verirrt, zu weit entfernt, als dass jemand sie hätte rufen hören. Am liebsten hätte er den Mantel übergezogen, um nach ihr zu sehen, aber er hatte nicht genug Mumm, um es wirklich zu tun.

Jetzt steh ich auf und geh los. Jetzt steh ich auf und geh los.

Doch die Uhrzeiger drehten und drehten sich, und er blieb mit aufgesperrten Augen im Bett liegen, feige wie immer. Draußen war es kalt. Das reinste Rheumawetter. Es war Nacht, da würde ihm die Taschenlampe keinen großen Dienst erweisen und ihm vor lauter Schatten nur Angst einjagen. Er drehte sich auf die andere Seite. Wenn ich morgen früh noch lebe, *dann will das Schicksal mir sagen, dass ich etwas tun muss.* Aber was? Er musste zum Heim gehen und sie suchen, aber seine Freunde aus der Bar durften es nicht erfahren, vor allem Basilio nicht. Dieser Sturkopf würde in die Luft gehen, wenn er wüsste, dass er sich in die Höhle des Löwen begab, er würde es als Verrat empfinden, und ein Verräter wollte er nicht sein.

Wenn ich morgen früh noch lebe... Gott, du hast mein Leben lang mit mir gesprochen, aber ich habe dir nie zugehört. Gott, du hast mein Leben lang mit mir gesprochen, aber ich habe dir nie zugehört. Gott...

Nach dem Aufwachen am nächsten Morgen freute er sich, dass ihm das Schicksal wohlgesonnen war. Er zog seinen guten Anzug an und machte sich auf den Weg. Beim Bäcker an der Ecke zweigte er gewöhnlich zum Dorfplatz ab, wo Dottor Minelli seine Praxis hatte. Doch an diesem Tag hatte der Arzt keine Sprechstunde, und außerdem hatte er etwas anderes zu erledigen. Er kaufte schnell die *Gazzetta*, um nachzusehen, ob zufällig etwas über eine am Berghang aufgefundene Leiche berichtet wurde. Mit der Zeitung unterm Arm setzte er sich auf ein Mäuerchen und blätterte zu der Rubrik Lokalnachrichten. Keine Meldung über einen Leichenfund, aber es konnte ja sein, dass Teresa nur noch nicht entdeckt worden war oder dass man sie erst in tiefster Nacht oder im Morgengrauen gefunden hatte, nach Redaktionsschluss. Dafür stieß er auf ein paar Zeilen unter einem großen, körnigen Schwarz-Weiß-Foto der Einweihungsfeier in der Villa dei Cipressi und erkannte die Gesichter und die Feststimmung des vergangenen Nachmittags wieder.

Er war ganz ins Lesen versunken, als eine Windböe ihm die Seite umschlug. Ettore hob den Blick und sah den schwarzen Punto von Don Giuseppe, der eben an ihm vorbeigefahren war und ein paar Meter weiter neben dem Müllcontainer hielt. Der Pfarrer stieg mit einem Kasten leerer Flaschen aus und winkte ihm zu.

»Ettore! Wie geht's uns denn?«

Nach ihrer unerfreulichen letzten Begegnung wusste Ettore nicht recht, wie er sich verhalten sollte. Er raffte die Zeitung zusammen und blieb wachsam.

»Warten Sie... Soll ich mit anpacken?«, fragte er aus Höflichkeit, insgeheim auf ein Nein hoffend.

»Sehr gern! Komm doch bitte mal und halt mir den Kasten hoch.«

Ettore eilte zum Auto.

Der Priester übergab ihm den Kasten, nahm eine Flasche nach der anderen heraus und ließ sie unter dem rhythmischen Krachen von zerspringendem Glas in den jeweiligen Container fallen. Ettore war angespannt: Don Giuseppe machte zwar einen zufriedenen Eindruck, aber bestimmt war auch seine Gelassenheit nur gespielt. Zwischen einem Scherbenkrachen und dem nächsten taxierten sie einander aus den Augenwinkeln.

»Und, was hat du gerade Zönes gelesen?«, der Pfarrer zeigte auf die Zeitung unter Ettores Achsel.

»Über das Einweihungsfest...«

»Ah, eine große Sache, was?«, Don Giuseppes Miene erstrahlte. »Hast du zon gehört, was für ein tolles Büfett es gab? Fantastiz, ich habe ordentlich zugezlagen.« Er rieb sich den Bauch. »Leider ist die Party jetzt wieder vorbei. Ich fahre gerade zum Heim hoch: eine Letzte Ölung.«

Ettore rutschte das Herz in die Hose und mit ihm der Kasten zu Boden. Teresa war also doch etwas zugestoßen!

»Ich wusste es doch! Ich wusste es doch!«, wimmerte er verzweifelt.

»Was hast du denn auf einmal, Ettore?«

»O Allmächtiger, warum habe ich nichts getan? Warum habe ich sie nicht gesucht?«, verfluchte er sich angsterfüllt.

Don Giuseppe schüttelte seinen lockigen Bart.

»Wovon redest du, Ettore? Beruhige dich doch!« Sie setzten sich auf das Mäuerchen. Ettore konnte sich nicht beherrschen und erzählte alles, von Teresas Auftauchen in der Bar, wie Elvis sie zurückgefahren hatte, von seiner Sorge darüber, wie es der Frau danach weiter ergangen war.

»Und nun habe ich sie für immer auf dem Gewissen...«

»Aber was redest du denn da, du Holzkopf! Die Letzte Ölung ist für den armen Salvatore, den Sohn vom Müller!«

Ettore richtete sich wieder auf wie eine von der Sonne geküsste Blume und nahm die gute Nachricht als ein weiteres Zeichen der Vorsehung. Diesmal konnte er nicht so tun, als sei nichts geschehen. Das Schicksal war deutlich gewesen. Sein Vorsatz der vergangenen Nacht wurde Wirklichkeit: Er lebte noch und Teresa mit hoher Wahrscheinlichkeit auch. Er musste etwas tun, er durfte nicht weitere wertvolle Tage verplempern. Er wischte sich die Augen trocken und zupfte sein Hemd zurecht. Dann musterte er den Geistlichen ängstlich und nahm seinen ganzen Mut zusammen.

»Don Giuseppe, Ihr Vorschlag von neulich... gilt der noch? Darf ich mit Ihnen hochfahren?«, fragte er in einem Atemzug.

Don Giuseppe sah ihn einen Moment mit ernster Miene an. Dann stieg er ins Auto, lehnte sich über den Beifahrersitz, zog am Handgriff, öffnete die Tür und befahl: »Anznallen nicht vergessen.«

In der Villa dei Cipressi wurde Don Giuseppe empfangen wie der Papst. Ettore fühlte sich wie ein kleiner Bengel, der etwas Verbotenes im Schilde führte, und machte sich ganz winzig neben ihm.

»Ich bin wegen Salvatore hier...«, erklärte der Pfarrer und fragte so ganz nebenbei: »Ach, nur zur Information: Wo wohnt eigentlich Teresa?«

»Zimmer achtunddreißig«, eine stämmige Krankenschwester zeigte auf einen Punkt ganz hinten im Korridor.

Der Priester stieß Ettore sanft mit dem Ellbogen an, der die Botschaft empfing und abwartete, bis die Schwestern verschwanden, bevor er mit zügigen Schritten auf sein Ziel zusteuerte. Das Zimmer war das drittletzte auf der linken Seite.

Er konnte es kaum fassen. Er hatte es geschafft, er war wirklich hier, von seinen Freunden unbemerkt, auf der Suche nach einer Fremden. In seinem ganzen Leben hatte er noch nie so viel riskiert. Schließlich war er kein Basilio. Für den Krieg war er nicht gemacht gewesen, damals hatte er sich unter der Bettdecke versteckt und gebetet, dass ihn niemand holen kam. Und er hatte Glück gehabt.

Vor der geschlossenen Tür fuhr er sich mit den Händen über das verschwitzte Gesicht und klopfte.

»Wer ist da?«

Ettore erkannte die arglose Stimme sofort wieder.

»Ich bin's, Ettore«, antwortete er gerührt wie nie zuvor.

»Ettore und weiter?«

»Ettore die Putte.«

Nichts.

»Ich kenne niemanden, der so heißt. Beschreiben Sie sich mal.«

Ettore zögerte und begann, an seinem Taschentuch herumzuzupfen. Die Zeit drängte, und die Dinge entwickelten sich nicht wie erhofft. Er hatte nicht bedacht, dass es so lange dauern konnte, eine Tür zu öffnen.

»Ich habe blaue Augen, nur einen Zahn und trage sogar bei dieser Hitze einen Hut.«

Erneute Stille.

Ettore lehnte schüchtern den Kopf gegen die Tür.

»Ich bin's, Teresa, Ettore. Wir haben uns gestern Abend in der Rambla-Bar kennengelernt, erinnern Sie sich?«

Nach kurzem Zaudern war die erboste Stimme der Frau zu hören.

»Hauen Sie ab, oder Sie bekommen es mit meinen Krücken zu tun!«

Diese mit einem so dünnen Stimmchen vorgetragene Drohung versetzte ihm überraschenderweise einen unkontrollierbaren Stich ins Herz. Er stellte sich vor, wie Teresa auf der anderen Seite der Tür dastand, eingewickelt in einen flauschigen Hausmantel und nach Jasmin duftend.

»Kann ich Ihnen helfen?«

Ettore fuhr erschrocken zusammen und drehte sich um.

Hinter ihm stand die Krankenschwester mit dem weißen Pferdegebiss und lächelte ihn an. Auch das noch.

»Guten Tag, ich bin … ähm«, als Zeichen der Hochachtung nahm er den Hut ab und ließ seinen kahlen Schädel im Neonlicht aufglänzen.

Die Frau musterte ihn misstrauisch von Kopf bis Fuß.

»Sind Sie nicht der Freund von Gino?«, erkannte sie ihn und zerschmolz zu einem mitleidigen Lächeln. »Ich bin Sandra, ich war früher Altenpflegerin bei der Gemeinde. Jetzt arbeite ich hier, da bekomme ich mehr Geld. Warum ziehen Sie und Gino eigentlich nicht hier ein? Wir würden uns freuen und Sie wie in einer neuen Familie aufnehmen.«

Scheiße! Basilio hatte recht! Ettore zitterte vor Angst bei dem Gedanken daran, wie dieser reagieren würde.

»Nein, also eigentlich bin ich mit Don Giuseppe hier. Ich bin gekommen, um Signora Teresa meine Aufwartung zu machen.«

»Ach, Sie kennen sich?«

»Ehrlich gesagt habe ich sie erst gestern kennengelernt, sie war auf der Suche nach ihrer Katze und …«

Um den Mund der Pflegerin zeichnete sich ein bekümmerter Zug ab, während sie Ettore mit ihren großen, vor Lebendigkeit und Jugend sprühenden Augen durchbohrte.

»Ihre Katze? Nun, ich bin neu hier und kenne sie noch nicht so gut, aber wissen Sie, Teresa ist ein bisschen… durcheinander. Das Alter spielt ihr üble Streiche, sie verwechselt Gegenwart und Vergangenheit, Gegenstände, Personen…«

Ettore dachte über ihre Worte nach.

»Bedeutet das, Lilli gibt es gar nicht?«

»O doch, es hat sie gegeben«, mischte sich eine zweite, ältere Pflegerin mit männlicher Stimme ein, die nicht sehr sympathisch wirkte und mit dem Gang eines Hafenarbeiters einen Karren Schmutzwäsche vor sich herschob, »aber Teresa hat sie ihren Nachbarn überlassen, als sie in unser damaliges Heim eingezogen ist, das ist jetzt schon viele Jahre her. In unserer Einrichtung ist Tierhaltung verboten. Die Katze ist dann gleich weggelaufen und nie wieder zurückgekehrt, aber Teresa redet über sie, als wäre sie immer noch bei ihr.« Die Pflegerin gab dem Karren einen Stoß und benutzte ihn als Rammbock, um in einen Raum zu gelangen, der nur für

Personal zugänglich war. Sandra zuckte mit den Schultern und wandte sich wieder Ettore zu.

»Wie Sie sehen, ist es wohl besser, wenn Sie unseren Gast in Ruhe lassen, aber wenn Sie auch hier bei uns wohnen möchten, berate ich Sie sehr gern persönlich.« Sie drückte ihm so herzlich die Hand, dass der Alte ganz klar die bösen Absichten des Teufels durchschaute, der ihn mit dem Ebenbild einer aufreizenden Krankenschwester mit wohlwollendem, mitleidigem Blick in Versuchung führen wollte.

»Vielleicht ein anderes Mal…«, stotterte er mit einem gequälten Lächeln und eilte zum Ausgang. Draußen wartete brav der schwarze Grande Punto von Don Giuseppe auf ihn.

15

Eine nie gepflückte Blume

In der Woche darauf war Ettore zum zweiten Mal in der Villa dei Cipressi zu Besuch, als der Pfarrer den Bettlägerigen die Beichte abnahm. Diesmal stimmten der Pfarrer und er sich besser ab. Statt Ettore allein durch die Flure ziehen zu lassen, begleitete Don Giuseppe ihn bis vor das Zimmer.

»Das ist mein Messdiener«, sagte er dem Pflegepersonal.

Ettore war so aufgeregt, dass ihm schien, als würde sein Zahn zu wackeln anfangen. Unter seinem Hut rannen Schweißbächlein den Schädel herunter.

»Guten Tag, Signora Teresa, hier ist Don Giuseppe. Darf ich eintreten?«, fragte der Pfarrer an der Tür.

Fast augenblicklich erklang ein metallenes Geräusch, und Teresas verwirrtes Gesicht lugte aus dem Zimmer heraus, vom Türrahmen halb verdeckt.

»Bitte, Don Giuseppe, kommen Sie doch herein!«

Ettore empfand Neid und ein starkes Gefühl von Ungerechtigkeit, doch er hatte keine Zeit zu protestieren: Teresa stand endlich vor ihm, in ihrer ganzen winzigen Erscheinung.

»Ich gehe von Zimmer zu Zimmer, um meinen Assistenten vorzustellen. Das ist Ettore, ein lieber Junge, wissen Sie? Ein wirklich guter Gehilfe...« Er klopfte ihm zweimal auf die Schulter.

Sie musterte erst den Geistlichen, dann den Neuankömmling.

»Sein Gesicht kommt mir bekannt vor...«, sie trat näher. »Er sieht dem Postboten ähnlich...«

Bevor er etwas erwidern konnte, fiel hinter ihnen die Tür ins Schloss: Don Giuseppe hatte sich aus dem Staub gemacht.

Ettore wurde schwindlig. Er stand da und hatte Lampenfieber wie ein Schauspieler kurz vor der Premiere. Er hatte Teresa unbedingt besuchen wollen, und nun, wo er es geschafft hatte, hätte er alles dafür gegeben, an irgendeinem anderen Ort zu sein.

Das Zimmer war wirklich winzig. Ettore stellte erschrocken fest, dass es gar keine Sitzgelegenheit gab, abgesehen von dem Bett, das in diesen engen vier Wänden umso größer wirkte. Um Himmels willen! Er hatte noch nie mit einer Frau, die nicht seine arme Mutter war, gemeinsam auf einem Bett gesessen, und diese Erinnerung lag so viele Jahre zurück, dass er das Gefühl hatte, sie gehörte zu einem anderen Leben. Daher war er enttäuscht, aber zugleich erleichtert, als Teresa ihn überhaupt nicht aufforderte, sich zu setzen, und ihn den ganzen Besuch über stehen ließ.

»Nein, Teresa, wir haben uns neulich abends in der Bar kennengelernt.«

In ihren Augen blitzte ein Licht auf.

»Ach ja? Haben Sie Lilli gesehen?«

»Nein, tut mir leid, Lilli habe ich nicht gesehen.«

Sie ging zum Fenster, als wollte sie die Antwort auf ihre Frage ausradieren. Sie nahm eine kleine Blechgießkanne von der Fensterbank, füllte sie im Waschbecken zur Hälfte mit Wasser und goss ein pinkfarbenes Alpenveilchen.

»Hier in diesem Zimmer gibt es immer etwas zu tun, obwohl es so klein aussieht...«, sagte sie schließlich.

Ettore war verlegen. Er trat von einem Bein aufs andere und wusste nicht, was er sagen sollte.

Teresas Zimmer war aufgeräumt, sauber und vollgestellt mit geschmackvollen Gegenständen. Auf dem Nachttisch standen frische Blumen, Gesichtscreme, Puder und ein Fläschchen Parfüm, das ihr, wie Ettore vermutete, wohl ihren berauschenden Blumenduft verlieh. An den Wänden hingen bunte Bilder, und sie besaß sogar einige Gedichtbände, die den erstaunten Ettore daran erinnerten, dass es bei ihm überhaupt keine Bücher gab. Dass er nicht einmal eine Bibel besaß, erfüllte ihn mit einem unsäglichen Gefühl der Einsamkeit.

»Und Sie sind also der Assistent des Pfarrers?«, kicherte sie.

»Ja, seit Kurzem... was ist daran so lustig?«

»Na, in Ihrem Alter...«, lächelte sie sanft vor sich hin.

Ettore errötete: Er wollte sich nicht vor ihr blamieren. Er erzählte, dass er eine Putte sei und dass ihn alle so nannten, weil er nicht verheiratet sei und keine Kinder habe. Er habe viel Zeit. In letzter Zeit habe er das Bedürfnis verspürt, diese Zeit dazu zu nutzen, etwas für die Gemeinde zu tun und gebraucht zu werden. »Denn Sie wissen ja, wie das ist, manchmal hat man so viel Zeit, dass man sich etwas einsam fühlt.«

Das war der Moment, wo Teresa sich auf den Bettrand setzte und ihn mit gefalteten Händen durch folgende Erklärung verblüffte: »Ich verstehe Sie gut. Ich bin noch Jungfrau, wissen Sie.«

Ettore bekam weiche Knie und musste sich auf die Rückenlehne des Bettes stützen, um nicht zu stürzen.

»Du bist...« Ohne es zu merken, ging Ettore zum vertraulichen Du über.

»Ich habe vergeblich auf einen bestimmten Mann gewartet. Dann hat er eine andere geheiratet. Nicht aus Liebe«, das klarzustellen war ihr wichtig. Teresa lenkte ihren melancholischen Blick auf die Weinberge draußen vor dem Fenster.

»Wir wollen nicht über so traurige Dinge reden.«

Ettore bekam feuchte Augen. Nach einem Leben voller Langeweile begegnete er plötzlich einem Menschen, der ihm so ähnlich war. Er betrachtete Teresa als nicht mehr ganz junges Mädchen, als bittere Frucht, die verdorrt war, ohne dass sie die Reifung durchlaufen hatte oder von jemandem vernascht worden wäre. Eine nicht gepflückte, unscheinbare Frucht, die in einem üppigen Jahr vom Baum gefallen und im Gras vergessen worden war. Er fragte sich, für wen sie sich schminkte, für wen sie in ihrem Alter noch so elegante Kleider trug, für wen sie dieses kleine Heimzimmer so liebevoll herrichtete, als erwarte sie jeden Moment lang ersehnten Besuch.

Sein Gedankenfluss wurde unterbrochen von den Stimmen zweier Bediensteter und von Don Giuseppe, die auf dem Flur plauderten.

»Ich muss jetzt gehen, Teresa.« Ettore lüpfte zum Abschied den Hut. »Darf ich dich wieder besuchen? Macht es dir Freude, wenn ich dir ab und zu etwas Gesellschaft leiste?«

»Ja, ist gut.« Die alte Frau zuckte mit den Schultern und kicherte wie ein junges Mädchen. Und das Bild dieser lachenden Augen bewahrte Ettore die ganze Nacht davor, an den Tod zu denken.

16

Mit leeren Händen

Die silbrigen Glockenschläge des Windspiels erklangen. Orvilla trat ans Fenster und schob die herabhängenden Stofffetzen beiseite, die einmal Vorhänge gewesen waren. Vor dem Haus wartete Ettore mit gefalteten Händen.

Orvilla inhalierte tief aus einer kleinen Dose Asthmaspray, und in den zehn Sekunden, die sie die Luft anhielt, vergewisserte sie sich, dass keine Katze darauf lauerte zu entwischen. Sie schob sich schräg durch die Tür und schloss sie gleich wieder hinter sich. »Na, wen haben wir denn da!«

Ettore lüpfte den Hut. Es war nicht völlig ungewöhnlich, dass er auf einen Sprung bei ihr vorbeischaute. Wenn er Cesare und Riccardo besuchte, machte er des Öfteren diesen kleinen Umweg und plauderte fünf Minuten mit ihr. Allerdings hatte er es schon seit geraumer Zeit nicht mehr getan. Das letzte Mal hatte er sie im Wartezimmer von Dottor Minelli gesehen.

»Ich wollte mich nur mal erkundigen, ob du zufällig eine Katze hast.«

»Ohohohoh! Katzen habe ich viele…«, lachte Orvilla.

»Nein… ich wollte sagen, eine bestimmte Katze. Mit weißen, schwarzen und grauen Flecken.«

Orvilla dachte nach.

»Also, so auf Anhieb ... nicht dass ich wüsste. Aber komm rein, dann kannst du selbst nachsehen.« Sie winkte ihn zu sich. Ettore hüpfte über die Fliesen aus Bruchmosaik, die den kurzen Gartenweg markierten.

»Pass auf, dass sie nicht abhauen!«, ermahnte Orvilla ihn, bevor sie die Haustür einige Zentimeter weit öffnete, gerade so viel wie nötig, dass er sich schräg hindurchschieben konnte, ohne Hut.

Ettore befand sich praktisch im Dunkeln. Das einzige Fensterchen, durch das eine Spur von Licht eindrang, war das in der Küche, aber eine dichte Dunstschicht verwandelte das Sonnenlicht in einen fernen Schimmer. In der Dunkelheit leuchteten irisierende Lichtpaare, die in regelmäßigen Abständen erloschen. In allen Ecken des Hauses bis unter die Decken tanzten, verschwanden und leuchteten diese Punkte. Das waren die Augen der eingesperrten Katzen, die den fremden Eindringling musterten.

Ein unerträglicher und trostloser Gestank drang in Ettores Nase. Im Vergleich zu Orvillas Wohnung kam ihm die von Gino sauber und ordentlich vor.

»Ich kann kaum was sehen ...«

»Warte, ich mache einen Fensterladen auf, aber wir müssen gut aufpassen. Das ist gefährlich!«, die Frau schob Einmachgläser, Dosen und andere nicht näher bestimmbare Gegenstände zur Seite, drehte an einem Griff und ließ einen Lichtstrahl herein.

Ettore stand in einem vollkommen zugequalmten Raum. Alles war von einer klebrigen Smogschicht überzogen, vom Sofa bis zu den Wänden, von den schiefen Bildern bis zu den verdorrten Zimmerpflanzen. Ihm fiel auf, dass hier, anders als bei ihm zu Hause, sehr viel Krimskrams von zweifelhaftem Nutzen herumstand, irgendwann vergessen und ohne jedwede Logik. Auch Teresa besaß viele Gegenstände, aber bei ihr war alles hübsch und aufgeräumt. Die Einsamkeit zeigte sich auf unterschiedlichste Arten, dachte er.

Ungefähr zwei Dutzend Katzen mit grauem Fell schweiften zwischen den Möbeln umher.

»Sind sie denn alle grau?«

»Nein, warte…« Orvilla packte eine im Nacken und schüttelte sie wie einen alten Lumpen, bis Ruß auf den Boden rieselte. Die Katze nahm eine braun-schwarz getigerte Färbung an.

»Das ist sie nicht«, kommentierte sie trocken, nahm eine andere, schüttelte sie, aber die war genauso gestreift wie die davor. Sie versuchte es mit einer dritten, vierten, fünften, doch das Ergebnis war immer dasselbe: Sie waren alle getigert.

»Tut mir leid, ich habe keine Einzige mit Flecken. Aber ich könnte vielleicht in den Wald gehen und…«

»Nein, lass nur. Das war eine blöde Idee. Nur so eine Laune von mir«, beruhigte Ettore sie. Und was hätte er denn mit einer Katze, die Lilli ähnlich sah, angestellt, wo Tiere doch im Heim nicht erlaubt waren? Wollte er sie etwa mit nach Hause nehmen? Nun… Warum eigentlich nicht? Sie würde sich bei ihm wohlfühlen, da gab es eine schöne Rebanlage, die sich bis zum Fluss erstreckte. Er hätte Teresa zu sich einladen und ihr sagen können: »Bitte schön, hier ist Platz für euch beide, für dich und Lilli, ich kümmere mich um euch, keine Sorge.« Ja, es wäre wirklich schön, ein Zuhause voller neuer Dinge zu haben, durchtränkt von unbekannten Gerüchen und aufgeladen von Teresas Gegenwart.

Ein dumpfer Schlag, gefolgt von aufgeregtem Miauen und einem spitzen Schrei von Orvilla jagte Ettore einen gehörigen Schrecken ein.

»Diebe!«, rief Ettore, aber Orvilla schüttelte den Kopf und rannte los, um den Fensterladen einzuhängen.

»Das war eine meiner Katzen. Sie ist weggerannt!«, seufzte Orvilla traurig.

»Ich hätte das Fenster nicht öffnen sollen, immer dasselbe…«

Sie holte das Spraydöschen gegen Asthma aus dem Kittel und inhalierte. »Entschuldigung, ich bin zu durcheinander, ich möchte jetzt lieber allein sein, wenn es dir nichts ausmacht.« Sie begleitete ihn zur Tür und überwachte, dass Ettore beim Hinausgehen die Tür nicht zu weit öffnete. Als Ettore den Hof überquerte, hörte er die Frau leise schluchzen. Nachdenklich und mit leeren Händen machte er sich auf den Heimweg.

17

Ferien

Auf dem Land war die Luft nicht so stickig und eindeutig gesünder als in der Stadt, das merkte man sofort. Nicola stieg aus dem Kombi und füllte seine Lungen mit den altvertrauten Gerüchen. Er war wieder zu Hause. Nach einem langen Winter hatte er endlich Sommerferien, nur kurz, aber lang genug, um wieder zu Kräften zu kommen, vom hektischen Büroalltag abzuschalten und die eine oder andere Angelegenheit zu erledigen. Mafaldas Hund kam auf ihn zugelaufen, ein kleiner schwarzer Laufhund mit hellen Wimpern, der heulen konnte wie eine Alarmanlage.

»Bill, aus! Pscht!« Carmen versuchte ihn zu verjagen, als er ihr die Schnauze zwischen die Rockfalten steckte und an ihren Sandalen schnüffelte.

Nachdem er jeden einzelnen Zeh beschnuppert hatte, segnete er das Ganze zum Abschluss mit einem respektvollen Nieser. Dann drehte er sich einmal um sich selbst und begann erneut, wie wahnsinnig zu bellen und Carmen und Nicola wild anzuspringen. Carmen zog er vor, weil sie immer noch die Hände auf und ab bewegte, damit er unten blieb, und je länger sie das tat, umso mehr schien ihm das Spiel zu gefallen. Nicola war für keinen Spaß zu haben. Er klappte den Kofferraum auf, lud das Gepäck aus und beachtete ihn fast gar nicht, weil er angeblich so beschäftigt war.

»Was ist denn das für ein Lärm hier? Gleich hol ich den Stock!« Bei dem Wort »Stock« verwandelte sich Bill in ein Plüschhündchen. Mafalda war herausgekommen, um sie zu begrüßen. Statt eines Stocks warf sie nur einen wattierten Pantoffel, aber die einschüchternde Wirkung war dieselbe. Bill krümmte den Rücken, legte die Ohren an, zog den Schwanz zwischen die Hinterbeine und gab endlich Ruhe.

»Herzlich willkommen! War viel Verkehr?« Die Frau riss Nicola den Koffer aus der Hand, sosehr er auch darauf bestand, ihn selber zu tragen. »Hoffentlich habt ihr ordentlich Hunger mitgebracht, hier wartet eine Mangoldpastete auf euch, die gerade aus dem Backofen kommt.«

»Oje, meine Diät...«, seufzte Carmen, der schon das Wasser im Mund zusammenlief.

Nicola frohlockte. Er war keineswegs auf Diät und würde sich die eine Woche emilianische Küche von niemandem nehmen lassen. Leider war Carmen am Herd eine Katastrophe.

Sie richteten sich immer in demselben Zimmer ein, ein bisschen aus Tradition und ein bisschen, um Mafalda einen Gefallen zu tun. Das war keine touristische Gegend, und sie war fast eine Verwandte, eine Cousine zweiten Grades. In ihrer Kindheit hatten sie viel Zeit miteinander verbracht. Gino war Mathematiklehrer gewesen, aber so großzügig er mit den Zahlen um sich warf, so sehr geizte er mit den Worten. Wegen seiner ausgedehnten Schweigephasen hatte seine Frau Ludovica ihn mitten im Wirtschaftsboom verlassen und den heranwachsenden Nicola mitgenommen. »In Turin hat er doch viel mehr Möglichkeiten«, hatte sie sich gerechtfertigt.

Was unterm Strich keine große Neuigkeit war. Der Junge hatte die Schule abgeschlossen, eine Arbeit als Steuerberater in einem kleinen Büro gefunden und konnte sich nun einer eigenen Kanzlei rühmen, mit Sekretärin und sechs Angestellten.

Er öffnete das Fenster und betrachtete die geschwungene Silhouette der Hügel und das bläuliche Profil der Berge am Horizont.

Mafalda stellte die Auflaufform auf den Tisch und schnitt große Quadrate aus der dampfenden Mangoldpastete.

Carmen griff sich an ihre Speckröllchen, dann nahm sie doch eine ordentliche Ecke und biss gierig hinein. Allerdings spuckte sie den Bissen unter lautem Gejaule gleich wieder aus, weil sie sich die Zunge verbrannt hatte, und brach in Gelächter aus.

»Wie gut du aussiehst, Carmen. Man sieht gleich, dass ihr aus der Stadt kommt. Immer so elegant, und was für schöne Nägel du hast! Und so gepflegte Hände! Die hätte ich auch gern... aber was würden sie mir hier schon groß nützen?«, bemerkte Mafalda.

Sie strecke die Hand vor sich aus und wiegte sie hin und her, um abzuschätzen, ob ihr dieser Nagellack in Perlmuttrosa wohl auch stehen würde. Vielleicht. Und vielleicht würden auch der getönte Lidschatten, der scharlachrote Lippenstift und die chic aufgedrehten Haare ihr schmeicheln. Wer weiß, vielleicht wäre sie sogar hübscher als Carmen, wenn sie sich auch so herausputzen würde. Sie räusperte sich, beobachtete die beiden, wie sie mit vollen Münden zufrieden vor sich hin kauten, und lächelte still in sich hinein: Ihre Mangoldpastete war eben unschlagbar.

»Hast du deinen Vater schon gesehen?«, fragte sie Nicola.

»Nein, wir haben telefoniert, bevor wir losgefahren sind, aber du kennst ihn ja. Er erzählt nichts. Ich mache mir wirklich Sorgen um ihn...«

»Er war schon immer kurz angebunden, und mit dem Alter... Soll ich euch einen Kaffee machen?«

»Gerne.«

Carmen nickte nur, weil sie sich den Mund zu voll geschaufelt hatte. Die Mangoldpastete war nun abgekühlt, nichts konnte sie noch halten.

Draußen fuhr ein Traktor vorbei, und Bill begann wieder mit seinem Heulkonzert.

»Ich wünschte, ich könnte ihn irgendwo unterbringen, wo er fachkundig versorgt wird...«, fuhr Nicola aufrichtig fort.

»Hast du schon von dem neuen Altersheim gehört?«

»Ja, auch deswegen sind wir hier. Was hältst du davon?«

»Scheint in Ordnung zu sein, sauber und gut ausgestattet... aber ich kenne mich mit so was nicht aus, weißt du...«

»Vater will nichts davon hören, aber ich weiß, dass es ihm nicht gut geht so allein. Ich kann nicht hierher zurückziehen, ich habe in der Stadt meine Arbeit, Carmen forscht in ihrem Labor, und Katia muss die Schule beenden...«

Nicola deutete ein dankbares Lächeln an, als Mafalda die Espressotassen vor ihnen abstellte. Sie wusste, was ihn belastete: Er war in eine andere Welt umgesiedelt, und es war bestimmt nicht einfach, die richtigen Entscheidungen zu treffen, wenn er zweimal im Jahr zurückkam. Sie kannte ihn gut, das besondere Band der Kindheit einte sie. Sie sah Nicola zu, wie konzentriert er mit dem Löffel in der Tasse rührte, ohne dabei zu klimpern. Schade, dass ihre Leben so unterschiedliche Richtungen eingeschlagen hatten. Sie hätten sich bestens verstanden, wenn er nur nicht weggegangen wäre.

18

Ich gehe ins Altersheim

»Geht's auch etwas schneller? Wir kommen zu spät!« Cesare trommelte mit den Fingern auf das Lenkrad und wartete darauf, dass Irma die Treppe herunterkam.

»Ich habe nur kontrolliert, ob das Licht im Badezimmer aus ist, du lässt es immer an.«

»Eine tolle Idee, bei dieser Hitze in die Stadt runterzufahren... Ich wette, die haben sowieso keine Zeit«, moserte Cesare, während er den Motor anließ. Mit »die« meinte er ihre drei Enkelkinder Carlotta, Filippo und Marco. Marco war der Sohn ihres Erstgeborenen Tommaso, die anderen beiden waren Annas Kinder. Sie fuhren mit dem Hort ins Sommerferienlager und würden zum ersten Mal ohne ihre Eltern zwei Wochen am Meer verbringen. Am Abend zuvor hatte Irma bestimmt dreimal bei ihnen angerufen, sich verabschiedet und ihnen gute Ratschläge erteilt, um in letzter Sekunde zu beschließen, ihnen doch lieber persönlich auf Wiedersehen zu sagen. Sie wollten sich alle bei Anna treffen, und Tommaso und seine Frau würden die Kinder dann zum Treffpunkt bringen.

Im Auto krallte Irma die Obsttorte an sich. Sie war in

einen verschließbaren Behälter verpackt, den sie vorsichtshalber noch in ein Geschirrtuch gewickelt hatte, das wiederum von einer Plastiktüte geschützt wurde, die sie fest in ihren manikürten Fingern hielt.

»Achtung, da vorne kommt ein Verrückter«, warnte Irma ihn vor einem nahenden Motorrad.

»Hab ich doch gesehen, jetzt erzähl mir nicht, wie ich fahren soll«, erwiderte er mit drohendem Blick.

Irma musterte ihn verstohlen aus den Augenwinkeln.

»Wie siehst du überhaupt aus?«, fragte sie angewidert, als sie seine Aufmachung bemerkte.

»Wieso?«

Er hatte das kurzärmelige rote T-Shirt angezogen, das er im Sommer zu besonderen Anlässen trug.

»Das hattest du letztes Mal schon an und auch das Mal davor, willst du, dass sie uns für Obdachlose halten?«

»Es ist doch sauber ...«

»Und ganz verschlissen. Siehst du nicht, wie ausgebleicht es vom vielen Waschen schon ist? Schlimm siehst du aus! Halt mal bitte an.«

»Anhalten? Wo denn?«

»Hier. Jetzt. Sofort. Park da auf dem Platz!«

Sie waren im Zentrum von Le Casette di Sopra angelangt. Man hörte nicht mal die Vögel zwitschern; es war die Zeit der nachmittäglichen Siesta.

»Du siehst doch, dass alles zu ist! Was soll denn das?«

Cesare begann sich aufzuregen.

Irma stieg aus und ging auf Ennios mit Eisengittern verriegelten Zeitungsladen zu.

Sie formte die Hände zu einem Trichter und rief zu seinem Fenster hinauf.

»Ennio! Komm mal, es ist dringend!«

Man hörte einen Fensterladen quietschen und das Geräusch eines Riegels. Doch an Ennios Fenster rührte sich nichts. Es war Guido der Maurer, der nebenan wohnte und nichts verpassen wollte. Gleich darauf öffnete sich mit einem Quietschen der nächste Fensterladen einen Spaltbreit, aber auch der gehörte nicht zu Ennio: Es kam vom Stockwerk darüber, wo die Familie des Apothekers wohnte.

»Ennio! Ich brauche was, komm raus, bevor das ganze Dorf aufwacht!«, rief Irma erneut, und die Fensterläden klappten alle gleichzeitig zu.

Endlich zeigte sich Ennio, mit blinzelnden Augen und vom Kissen gestreiften Wangen.

»Was ist denn los?«

»Mein Mann braucht sofort ein neues T-Shirt.«

Ennio öffnete ein Auge und musterte erst Cesare, dann seine Frau mit finsterem Blick.

»Ich hole Nanda.«

Kurz darauf knarzte die Hintertür, und die beiden schlüpften hinein.

»Du spinnst«, murrte Cesare, »war es wirklich nötig, die halbe Welt zu mobilisieren?«

Irma zuckte mit den Schultern.

Ennios Kiosk war ein Multifunktionsladen, in dem es Zeitungen, Büroartikel, Zigaretten und Kurzwaren gab. Die Kurzwarenabteilung wurde von seiner Schwester Nanda geführt, und so, wie die beiden sich verstanden, hätte man sie für Zwillinge halten können. Nicht äußerlich, denn er war kräftig und hatte einen dunklen Teint, und sie war zierlich und olivfarben, aber ihrem Wesen nach. Da beide nicht sehr gesprächig waren, verständigten sie sich mit den Augen. Wenn jemand das Geschäft betrat, begannen sie ihn simultan zu durchleuchten, um sich dann mit Blicken über ihn auszutauschen. Sie führten ganze Dialoge, ohne auch nur ein einziges Wort zu sprechen, nur mit den Bewegungen ihrer Gesichtsmuskeln.

»Cesare sucht irgendeinen Ersatz für *das hier*«, sagte Irma und nahm mit angeekelter Miene einen Zipfel des T-Shirts ihres Mannes zwischen Zeigefinger und Daumen.

Die Spezialität der Abteilung Kurzwaren und Wäsche waren eigentlich Büstenhalter in ausladenden Dimensionen, Kniestrümpfe für Herren, Stützstrumpfhosen, Leibchen, Liebestöter, atmungsaktive Wäsche, Klinikpyjamas, weiße Feinrippunterhemden, Kochschürzen, Bademäntel, Taschentücher, Stickgarne. Für den Notfall hielt man auch ein paar Kleidungsstücke bereit, die so traurig und unmodisch aussahen, dass sie nicht einmal im Schaufenster ausgestellt wurden. Nanda lehnte die Leiter ans Regal, stieg drei Stufen hinauf und fand ein in durchsichtiges Plastik eingeschweißtes hellblaues Hemd.

»Mit kurzen Ärmeln habe ich nur das hier.«

»Ich gehe in die Kabine...«, sagte Cesare.

»Ach was«, stoppte Irma ihn, »dafür haben wir keine Zeit.« Und schon zog sie ihm vor Ennio und Nanda, die nur einen flüchtigen Blick wechselten, das T-Shirt über den Kopf.

Dann riss sie Nanda das Hemd aus der Hand und stülpte es ihm in wenigen Sekunden über.

»Siehst du? Schon erledigt.«

»Es kommt mir etwas groß vor...«

Irma trat einen Schritt zurück, um einen Gesamteindruck zu erhalten.

»Es hat wirklich was von einem Müllsack... Gibt es das zufällig auch eine Nummer kleiner?«

Ennio schloss nur das linke Auge, und Nanda kramte eine kleinere Größe heraus.

Nach wiederholter Umzieh-Prozedur schien Irma zufrieden.

»Das passt wie angegossen. Streck mal die Arme aus.«

Cesare schnaubte, gehorchte aber brav, und als er so mit ausgebreiteten Armen dastand und Irma ihm den obersten Knopf schloss, hörte man das Geräusch von gegen das Schaufenster klopfenden Knöcheln.

Draußen standen Basilio und Riccardo, die Hände zu Scheuklappen geformt, um im Halbdunkel des Ladens besser sehen zu können, und amüsierten sich prächtig über das Schauspiel.

»Och, schau mal, der niedliche Kleine!«, spottete Basilio.

»Hast du heute deinen ersten Schultag?«, setzte Riccardo noch eins drauf.

»Jetzt fehlt nur noch eine schöne blaue Schleife um den Hals, dann ist er bereit…«

»Seid still, ihr Idioten! Habt ihr nichts Besseres zu tun, als hier herumzuspionieren?«, antwortete Cesare.

»Keine Angst, heute Nachmittag bringe ich ihn euch gesund und munter zurück«, frotzelte Irma.

»Zu Befehl, Chef!« Basilio salutierte und verabschiedete sich von Cesare. »Wir erwarten dich später in der Bar!« Er hakte sich bei Riccardo unter, und die beiden zogen kichernd von dannen.

Irma schüttelte den Kopf, dann wandte sie sich wieder ihrer Aufgabe zu.

»Gut, das nehmen wir.«

Ennio signalisierte Irma, ihm zur Kasse zu folgen, während Nanda das Etikett aus dem Hemd entfernte, das Cesare gleich für den Nachmittag anbehalten wollte.

Nachdem der Kauf abgeschlossen war, ging Ennio zum Eingang und schob die Eisengitter hoch.

»Geht ruhig vorne raus, wir müssen den Laden eh gleich aufmachen.«

»Wieso, wie spät ist es denn?«, fragte Cesare.

»Zwanzig nach drei.«

Irma schlug sich entsetzt mit der Hand an die Wange. »O Gott, deine Medikamente!«

Sie stoppten noch einmal kurz zu Hause, und in der ganzen Hektik hätte Cesare sich fast noch an seinen Tabletten verschluckt. Laut hustend und mit brennender Kehle fuhr er wieder los.

»Fahr langsamer!«, mahnte ihn seine Frau, sobald der Tachometer die achtundfünfzig erreichte. Im Rückspiegel sah Cesare, wie die Berge sich immer weiter entfernten, eingehüllt in weiße Wolken, wie unter einer Sahnehaube. Je mehr Kilometer er wegfraß, desto sanfter wurden die Hügel, auf den Wiesen sah man keine Bäume mehr, und die Grünflächen schrumpften zu immer kleineren Nutzgärten und Beeten. Anstelle der Steinhäuser folgte nun eine Neubausiedlung auf die nächste, mit mehrstöckigen Gebäuden. An vielen Fassaden hingen Plakate von Immobilienagenturen mit Kauf- und Mietpreisen. Einige Wohnungen standen leer und verlassen. Andere Gebäude ragten parallel und so dicht gedrängt in die Höhe, dass die Bewohner des einen ohne Weiteres den Nachbarn gegenüber die Hand reichen konnten, wenn sie sich aus dem Fenster lehnten. Nicht nur die Luft war hier schmutziger und klebriger, die ganze Atmosphäre war anders. Auf den Straßen sah man nur Menschen mit Schmollmiene, und die Autofahrer hupten, überholten rechts und beschimpften sich gegenseitig. Zum Glück waren sie fast am Ziel.

»Hast du das Auto an der Ampel gesehen?«

»Nein, hab nicht drauf geachtet... Wer war das?«

»Das waren Tommaso und Valeria mit den Kindern!«

»Kann nicht sein, ich habe Anna doch gesagt, dass wir noch vorbeikommen.«

»Ich bin mir sicher, dass sie es waren.«

»Du hast sie bestimmt verwechselt...«

Zwei Kilometer weiter bogen sie in ein Neubauviertel mit kleinen Reihenhäuschen in extravaganten Farben von Gelb bis Karminrot ein. Wie jedes Mal lästerten sie darüber, wie hässlich, klein und unbequem die modernen, neuen Häuser doch waren, mit ihren winzigen Balkönchen und den schmalen Gärten ohne Bäume. Die Reihenhaushälfte, in der Anna wohnte, hatten die Eltern ihres Ehemanns noch vor der Hochzeit erstanden, als Fabio nur wenige Kilometer von dort im Außenbüro eines Maschinenbauunternehmens eingestellt wurde.

Als Anna die Tür öffnete, wunderten Irma und Cesare sich gleich über die Stille, die aus der Wohnung drang.

»Ähm, schlafen die Kinder?«, fragte Irma erstaunt.

»Nein, sie sind gerade weg, seid ihr ihnen nicht begegnet?«

»Siehst du? Sie waren es, ich hatte doch recht!«, stichelte Cesare.

»Aber wir wollten uns noch von ihnen verabschieden... wir sehen sie doch jetzt zwei Wochen lang nicht!«

»Ich weiß, Mama, tut mir leid, ich habe versucht, sie noch einen Moment aufzuhalten, aber du weißt doch, wie aufgedreht sie sind. Marco kam auf die fixe Idee, vorher noch ein Eis essen zu gehen, und Carlotta und Filippo waren natürlich nicht mehr davon abzubringen. Valeria hat einen Migräneanfall, deshalb wollte Tommaso sie so schnell wie möglich abliefern.«

»Ich habe extra eine Obsttorte gebacken...«

»Ich hab doch gesagt, dass du nichts machen sollst. Bei der Hitze...«, warf Cesare ihr vor.

»Na, macht nichts, dann essen wir sie eben... oder, Fabio?« Anna drehte sich zur Veranda um, auf die ihr Mann sich zurückgezogen hatte, um zu telefonieren und eine Zigarette zu rauchen. Er runzelte die Stirn und gestikulierte ungeduldig. Als er seine Schwiegereltern im Wohnzimmer erblickte, winkte er ihnen kurz zu und telefonierte weiter.

»Er ist sehr eingespannt... muss für die Firma eine Dienstreise nach Turkmenistan organisieren«, erklärte Anna ihren mürrischen Eltern. »Setzt euch, ich habe Eistee da...«

Weniger als eine Stunde später stiegen Irma und Cesare wieder ins Auto und versuchten, sich ihre Enttäuschung nicht anmerken zu lassen.

»Das neue Hemd hätte ich mir wohl sparen können. Hat eh keiner gesehen!«

»Woher hätte ich denn wissen sollen, dass alle so beschäftigt sind? Kannst ja nächstes Mal damit glänzen.«

»Wegen dir habe ich wieder nur Zeit und Geld verschwendet...«

»Ich hab dich schließlich nicht gezwungen, es zu kaufen, oder?«

»Und ob! Was für einen Aufstand du da im Laden veranstaltet hast...«

»Stimmt doch gar nicht!«

»Schrei nicht so!«

»Ich schreie, weil du taub bist.«

»Ich bin taub, weil du so schreist.«

»Ach, jetzt ist es also *meine* Schuld, dass du taub bist?«

»So ist es…«

»Im Ernst?«

»Ja, im Ernst!«

Irma verschränkte die Arme vor der Brust. Ihr Mund bog sich wie ein Halbmond in Richtung Kinn, als würden zwei Wäscheklammern an ihren Mundwinkeln baumeln.

»Was ist? Bist du jetzt beleidigt?« Cesare schüttelte sie am Bein.

»Fass mich nicht an und guck geradeaus. Du fährst schlechter als Gino! Aber der ist halb blind…«

»Komm, das war doch nur ein Witz…«

»Nein, war es nicht.«

»Siehst du? Ich bitte dich um Entschuldigung, und du stänkerst weiter. Du bist einfach eine Nervensäge!«

Irma war im Innersten getroffen. Cesare hatte wieder dieses erniedrigende Schimpfwort zu ihr gesagt. Sie war todtraurig. Sie hatte es nicht rechtzeitig geschafft, um sich von den Enkelkindern zu verabschieden, der Schwiegersohn hatte sie ignoriert, Cesare war sauer, und Anna hatte sie auch nur aus Mitleid ertragen. Sie hatte das Gefühl, alles lief schief, und sosehr sie sich auch für die anderen vierteilte, niemand nahm ihre Mühen zur Kenntnis.

Am liebsten hätte sie die Zeit angehalten und um zwei Stunden zurückgedreht, nein, um zehn, dreißig, um fünfzig Jahre, als sie noch nicht verheiratet war und sie noch die Möglichkeit hatte, nach Paris zu gehen und dort als Dienstmädchen für eine wohlhabende Familie zu arbeiten. Sie hatte immer davon geträumt, nach Paris zu gehen. Einer ihrer Cousins war nach dem Krieg hingegangen, hatte Arbeit gefunden und war dort geblieben. Sie hatte nie wieder etwas von ihm gehört.

»Ich muss dir etwas sagen, Cesare, sind deine Ohren gut eingestellt?«

Als Antwort erhielt sie ein Brummen.

»Ich gehe ins Altersheim«, kündigte sie ihm kühl und mit verschränkten Armen an.

»Du gehst *wohin*?«

»Ins Seniorenheim!« Weil Irma die Stimme hob, entwich ihr bei der Aussprache der ersten Silbe etwas Spucke, die auf Cesares rechtem Brillenglas landete.

»Bist du jetzt völlig übergeschnappt?«

»Nein, warum? Dann musst du dir mein Geschrei nicht mehr anhören und darfst endlich tun und lassen, was du willst. Du kannst dich ja ohnehin bestens selbst versorgen, oder nicht?«

Cesare starrte weiter auf die Straße und ließ sich nichts anmerken. Er hatte nicht die geringste Lust, sich auf diese kindischen Provokationen einzulassen. Irma wollte ihm nur einen Schreck einjagen, wahrscheinlich hoffte sie, er würde anhalten und sie auf Knien anbetteln, bei ihm zu bleiben. Er fuhr weiter, als würde ihn das alles überhaupt nicht beeindrucken. Die Wolken, die sie in den Bergen zurückgelassen hatten, waren mittlerweile bedrohlich dunkel. Wie aus dem Nichts zerplatzte ein mispelgroßer Regentropfen an der Windschutzscheibe. Dann folgten ein zweiter und dann noch einmal drei weitere. Ein Blitz erhellte den Himmel, und mit einem kräftigen Donner brach das Schauspiel eines Sommergewitters los.

»Du musst den Scheibenwischer anmachen«, sagte Irma.

»Ich weiß!«, brüllte er zurück. Cesare schnaubte, und einige

Sekunden lang herrschte Stille. Dann fuhr Irma, die nun in der Stimmung war zu diskutieren, damit fort, ihre Theorie zu verteidigen. »Na bitte, siehst du? Wenn ich ausziehe, geht es allen besser. Du kannst Auto fahren, wie du willst, anziehen, was du willst, deine Tabletten nehmen, wann du willst… Du hast ja auch gelernt, wie man den Herd einschaltet für das Nudelwasser. Wenn du jetzt auch noch dran denkst, ihn nach zehn Minuten wieder auszuschalten, kann nichts mehr schiefgehen. Und ich… wusstest du, dass die da auch kreative Kurse anbieten?«

»Zum Beispiel?«

»Zum Beispiel Töpfern. Ich glaube, das würde mir Spaß machen. Und sie zeigen einem auch, wie man Stoffpuppen bastelt.«

»Und das würde dir Spaß machen? Hampelmänner aus Stoff bauen und dich mit Schlamm beschmieren?« Cesare verzog den Mund, als hätte er etwas Saures verschluckt. Irma drehte sich zum Fenster. Der Regen prasselte gegen die Scheibe und floss gleichmäßig daran herunter. Dann hörte sie das Ticken des Blinkers und das Knirschen des Kieswegs im Hof unter den Reifen. Sie waren zu Hause angekommen. Das Auto hielt unter dem Balkon, im Schutz vor dem Regen.

»Ist das alles, was du zu sagen hast? Tut es dir denn gar kein bisschen leid, dass ich gehe?«

In Irmas Augen waren Provokation und Flehen zugleich, aber Cesare ging weder auf das eine noch auf das andere ein. In der Kurzwarenabteilung war er sich wie ein Idiot vorgekommen, Irma hatte ihn wie ein dummes großes Kind behandelt, Basilio und Riccardo hatten ihn ausgelacht, er wäre fast an seinen Tabletten erstickt, und am Ende war dann auch noch alles umsonst gewesen. Er hatte seine Enkel nicht mehr angetroffen, und Anna hatte sein neues Hemd nicht mal bemerkt, und all das wieder einmal nur, weil er auf seine Frau gehört hatte. Ihm war zumute, als hätte er sein ganzes Leben als Marionette verbracht, deren Fäden fest an Irmas Fingern verknotet waren. Wann hatte er in diesem Haus zum letzten Mal eine eigenmächtige Entscheidung getroffen? Konnte er seine Unabhängigkeit noch zurückerobern, oder war es zu spät? Irma wartete immer noch auf eine Antwort. Er servierte sie mit einer spitzen Bemerkung ab.

»Nein, nein, du hast mich überzeugt. Das ist wirklich eine gute Idee. Wann ziehst du um?«

Irma ging tief verletzt ins Haus und schloss sich im Badezimmer ein. Das Gewitter hatte sich ausgetobt, und der Himmel begann sich aufzuhellen. Sie wollte für immer dort drin bleiben, jedenfalls so lange, wie Cesare hinter der Tür stand und lauschte.

»Komm schon, Irma, jetzt sei kein Trotzkopf und mach auf!«, rief er.

»Nein, geh weg, ich will nicht mit dir reden!«

»Ich auch nicht, ich muss pinkeln!«

»Geh in die Bar, wenn du musst!«, erwiderte sie schroff. Dann hörte sie, wie die Haustür dumpf ins Schloss fiel und Cesare sich mit wütenden Schritten entfernte. Das ließ er sich nicht zweimal sagen, stellte sie verbittert fest. So wie die Dinge standen, blieb ihr wohl keine andere Wahl. Sie verließ das Bad, ging ins Schlafzimmer und zerrte einen alten Lederkoffer vom Schrank herunter. Das letzte Mal, dass sie ihn benutzt hatte, war vor zwölf Jahren gewesen, als sie mit Anna und Tommaso ans Meer gefahren war, um ihnen mit den kleinen Kindern zu helfen, ein anstrengender Urlaub, in dem sie sich die schwersten Bürden aufgehalst hatte, damit die Kinder sich ausruhen konnten. Seitdem lag der Koffer unter einer dicken Staubschicht auf dem Kleiderschrank.

Irma pustete darüber und packte Kleidung hinein. In der Küche verteilte sie die übrig gebliebene Fleischsoße in Einzelportionen verpackt in Gefriertüten und tat dasselbe mit den Bratenscheiben. Dann verstaute sie alles im Gefrierfach und räumte auf. Sie rief Franca an und sagte: »Ich bin für ein paar Tage weg, für den Notfall lasse ich dir Annas Nummer da.«

Sie nahm den Koffer, zog die Tür hinter sich zu und ging zur Haltestelle, um auf den nächsten Regionalbus nach Reggio Emilia zu warten.

19

Dem Mutigen hilft Gott

»Dottor Minelli, kennen Sie eigentlich meinen Spitznamen?«

Der Arzt runzelte fragend die Stirn.

»... Putte?«

»Genau.« Ettore räusperte sich. »Aber wissen Sie auch, warum ich so genannt werde?«

Der Doktor machte ein Gesicht, als müsse er scharf nachdenken, bevor er seine Schlussfolgerung zog.

»Keine Ahnung... vielleicht... Weil Sie nie verheiratet waren?«

Der Alte machte eine Pause und erläuterte dann: »Das ist nicht ganz richtig.«

»Sondern?«

»Ich war auch niemals mit einer Frau zusammen.« Er begann, an seinem Taschentuch zu zupfen.

Der Arzt hatte im Dorf davon reden hören, aber teils aus Sympathie, teils aus Spaß war ihm nicht danach, Ettore bei diesem intimen Geständnis den Auftritt zu vermasseln. Er machte ein verdutztes Gesicht und stützte sein Kinn auf die gefalteten Hände.

»Das wundert mich, Ettore. Dabei bin ich sicher, dass Sie

mit ihren Kulleraugen als junger Kerl den Mädchen scharenweise den Kopf verdreht haben.«

Ettore stieß ein sonderbares Winseln aus. Er wrang das Taschentuch zu einer Wurst und schluckte schwer, denn es kostete ihn allen Mut, laut auszusprechen, was er sich die ganze Nacht lang zurechtgelegt hatte.

Jetzt oder nie, dachte er.

»Nun, also... Ich bin... also ich habe noch nie eine Frau *angefasst*.«

Der Arzt musterte ihn neugierig.

»Nicht mal eine... also, eins von diesen *Mädchen*?«

»Nein, auch nicht. Dafür war ich immer zu schüchtern...«, antwortete er ernst. »Aber jetzt...«

»Jetzt...?« Minelli amüsierte sich prächtig.

»Na ja, neulich habe ich eine sehr nette Frau kennengelernt. Ich besuche sie ab und zu und erzähle ihr ein bisschen von mir, es macht ihr Freude, mir zuzuhören. Wir verstehen uns. Meinen Sie, jetzt ist es zu spät?«

Der Arzt schnippte mit den Fingern: »Zu spät? Das ist eine wunderbare Neuigkeit! Nein, für manche Dinge ist es einfach nie zu spät. Gehen Sie's an, Ettore! Worauf warten Sie noch?«

»Ich weiß nicht... hat das denn jetzt noch... einen Sinn?«

»Von wegen *jetzt noch*! Hören Sie auf, sich zu bemitleiden, und machen Sie ein einziges Mal, wonach Ihnen ist!«

Der Arzt stieß sich mit dem Drehstuhl nach hinten, stand auf, ging zum Bücherregal und zog ein Lexikon der Anatomie heraus. Er blätterte es hastig durch, öffnete es auf einer bestimmten Seite, hob es hoch und streckte es Ettore entgegen, damit er die Illustrationen sehen konnte.

»Hier. Das ist alles, was Sie wissen müssen. Alles klar?«

Beim Anblick der Bilder wäre Ettore fast in Ohnmacht gefallen.

»Wenn Sie Fragen haben, nur keine Hemmungen, das bleibt alles unter uns...«

Aber als der Arzt das Buch wieder zusammenklappte, stand er allein vor der gähnenden Sprechzimmertür. Draußen hörte er Ettores Schritte, der eilig über die Treppe floh.

Noch am selben Abend, gleich nach dem Essen, machte Ettore sich ganz allein auf den Weg zum Altersheim. Diese Angelegenheit war zu privat, um sie mit Don Giuseppe zu teilen.

Der Korridor war leer, aus dem Speisesaal drang das Geklapper von Geschirr und Besteck. Ettore schlich sich zu Teresas Tür und klopfte zaghaft. Er hörte kleine Tippelschritte das Zimmer durchqueren, dann ein paar Sekunden angespannte Stille und das Rauschen von Unterröcken.

»Ich bin's, Ettore, der Messdiener von Don Giuseppe.«

Nachdem das Zauberwort gefallen war, öffnete sich die Tür einen Spaltbreit, und ein Auge von Teresa lugte heraus.

»Ach, du bist's?« Sie ließ ihn mit ihrem gewohnten leeren Lächeln herein.

»Ja, ich bin's. Ich komme dich besuchen«, antwortete er ihr mit unbändigem Enthusiasmus.

Die Frau lächelte immer noch mit friedlicher Gelassenheit, die rosigen Wangen vom Sonnenuntergang erhellt.

Ettore wurde plötzlich ganz warm. Er wischte sich den Schweiß von der Stirn, öffnete den obersten Knopf seines Hemdes und versuchte, mit den üblichen Förmlichkeiten ein bisschen Zeit zu gewinnen. Ja, Teresa hatte schon gegessen. Grießsuppe und Obstsalat. Ihr ging es wirklich gut. Der Tag war heiß gewesen, und sie hatte einen langen Spaziergang durch das Pinienwäldchen gemacht. Ettore malte sich das in Gedanken aus, als hätten sie den Tag gemeinsam verbracht und würden gleich zu Bett gehen wie ein altes Ehepaar.

»Teresa. Ich wollte dich etwas fragen.«

»Was denn, mein Lieber?«

Ettore ließ sich Zeit, ihm war bewusst, dass dies bestimmt der kühnste Moment seines Lebens war. Er zögerte wie ein Kind, bevor es vom Sprungbrett ins tiefe Wasser springt.

»Also, wir kennen uns zwar noch nicht lange, aber du und ich, wir haben vieles gemeinsam.«

»Ach ja?«, fragte sie ganz sanft.

»Ja. Ich habe zum Beispiel noch nie eine Frau gehabt. Jetzt bin ich alt und werde bald sterben«, er sah zu Boden und strich sich die Hose glatt.

»Deshalb habe ich mich gefragt... warum wir beide nicht Liebe machen, du und ich? Natürlich nur, wenn du auch einverstanden bist...«

Teresa verzog keine Miene. Sie lächelte, betrachtete den Himmel durch das Fenster: Es war noch hell, doch hier und da ließ sich bereits ein zarter Sternenschleier erahnen. Als Ettore sich schon zu fragen begann, ob sie seine Frage gehört hatte, antwortete sie: »Aber ja, warum nicht?«

Ettore spürte das Blut in seinem ganzen Körper pulsieren und verlor jedes Gefühl für Raum und Zeit, ein Rückfall in die Paranoia, diesmal jedoch vor lauter Freude, am Leben zu sein.

»Aber warte noch einen Moment. Erst muss ich mich schön machen«, fügte Teresa hinzu, ging zur Kommode und holte das türkisfarbene Puderdöschen. Sie sah in den kleinen Spiegel, puderte sich ganz ohne Eile die Wangen und bewunderte sich, als wäre sie ganz allein.

»Sehe ich jetzt schön aus?«

»Wunderschön, Teresa.«

»Gut, dann bin ich bereit. Komm, setz dich zu mir aufs Bett.«

Ettore bewegte sich auf sie zu, bis er an die Bettkante stieß, machte eine halbe Umdrehung und ging behutsam in die Knie. Dann schloss er die Augen und ließ sich nach hinten sinken. Er wusste, dass es kein Zurück gab. Nichts würde mehr sein wie früher. Die Angst lähmte ihn, doch der Wunsch, bis zum Ende zu gehen, bestimmte ihn und beherrschte jede Zelle seines Körpers. Als er in der breiten Matratze mit den weichen, rosafarbenen Decken versank, fühlte er sich wie von den Wolken des Himmelreichs umhüllt. Das war also das Paradies! Nun hatte er es gefunden! Endlich wusste er, was das war: unendliche Laken im Bett einer Frau.

Er befühlte die flauschige Konsistenz des Stoffes um sich herum und tastete sich vor, bis er den wärmeren Stoff von Teresas Bluse spürte. Sie saßen nebeneinander wie zwei Reisende in einem Zug. Draußen ging die Sonne unter, und ein schräges Lichtbündel fiel auf das Bett.

Ettores Unterarm war noch wenige Millimeter von ihrem entfernt, aber seine Wärme war deutlich zu spüren.

Dann ging ein mysteriöser physischer Vorgang vonstatten. Durch die Nähe ihrer Körper hatte sich alles um sie herum verändert. Stunden, Minuten und Sekunden existierten nicht mehr. Und auch nicht der Raum außerhalb dieses kosmischen Bettes, das im Nichts dahinschwebte wie ein Meteorit auf dem Flug durchs Universum. Ettores Herz schlug immer wilder, als seine Finger sich Zentimeter für Zentimeter vortasteten zu Teresas Blümchenbluse und den zwei weichen Dünen ihrer Beine. Hier war der Schatz, den es zu entdecken galt: Teresas gefaltete Hände. Wie würden sie sich anfühlen? Warm oder kalt? Knochig und von Adern durchpflügt oder weich und prall wie ihre Wangen? Um es herauszufinden, musste er die Hand nur weiter ausstrecken, Millimeter für Millimeter. Wie in einer flauschigen Kapsel schwebten sie durch die dunkler werdende Sphäre und sahen die Sterne auf sich zukommen, riesige, poröse Himmelskörper, die still umeinander kreisten, so nah, dass man nur die Hand auszustrecken brauchte, um sie zu berühren.

20

Der Prozess

Nach einer gewissen Zeit von unbestimmbarer Dauer klopfte es an die Tür, und eine gigantische Komposition aus Tulpen, Freesien und Hyazinthen betrat das Zimmer. Hinter dem Strauß stand ein schnauzbärtiger Mann von bescheidener Größe, aber mächtigem Umfang. Einen Schritt dahinter folgte eine Frau mit ähnlichen Zügen und Kurven, nur hatte sie keinen Schnurrbart, helleres Haar und große Perlen an den Ohrläppchen. Sie erblickten Teresa, die ihnen zugewandt schlief, und Ettore, der sich von hinten an sie schmiegte, beide tief in offenbar sehr angenehmen Träumen versunken, nach ihren entspannten Mienen zu urteilen.

»Teresa!«, brüllte der Mann entsetzt.

»Mama!«, kreischte die Frau an seiner Seite.

Das Geschrei ließ Ettore hochfahren, der auf der Stelle Teresa wach rüttelte, als er die Fremden vor sich sah.

»Ach, du bist das?«, vergewisserte sie sich, an den Schnauzbärtigen gewandt.

»Ja, ich bin das, Teresa! Olindo, dein Mann! Und das hier ist deine Tochter Eleonora, Herrgott! Was hast du getan?«

Teresa starrte ihn mit offenem Mund an und drehte verwirrt den Kopf in alle Richtungen, in der Hoffnung, sich wieder zurechtzufinden.

Olindo machte einen Schritt in die Mitte des Zimmers, blieb dann jedoch unentschlossen stehen. Seine Tochter stand hinter ihm und klammerte sich an seinen Jackettärmel.

»Und wer zum Teufel bist du? Du hast dich an ihr vergriffen, du altes Ferkel!«

Hinter Teresas Rücken kauerte Ettore verängstigt und verstört unter den nun gar nicht mehr paradiesischen Laken und war unfähig, irgendetwas zu tun.

Angelockt von diesem Tohuwabohu versammelte sich das Personal im Türrahmen, man rief den Direktor herbei, und auch die Zimmernachbarn wollten auf ihre Kosten kommen, inklusive Infusionen, Kathetern und Pipapo.

»Ich will, dass sofort die Polizei verständigt wird!«, tobte Olindo. »Ich will wissen, wer dieser Verrückte ist, und ich will, dass untersucht wird, wer hier seine Aufsichtspflicht verletzt hat!«

»Ich will, dass Don Giuseppe kommt!«, hörte man Ettore.

Sandra lief los, um den Pfarrer anzurufen, der eben die Morgenmesse beendet hatte. Einen Moment später war er da, stürzte wie ein junger Spund mit dem Kruzifix in der Hand in das kleine Zimmer und verschaffte sich dort Platz.

»Auf die Seite!«, ordnete er an. »Niemand rührt meinen Messdiener an. Raus! Sie da, mit diesem zeelen Blick, verlassen Sie sofort das Zimmer«, befahl er dem verdatterten Olindo.

»Und keine Polizei«, fügte er forsch hinzu, »wir regeln das unter uns, hinter verzlossenen Türen.«

Und so geschah es. Sie begaben sich alle gemeinsam in den Speisesaal und setzten sich dort an einen Tisch, Ettore und

Don Giuseppe auf der einen Seite, der Rest der Welt auf der anderen. Am Tischende ging Direktor Cimino, die Hände im Rücken verschränkt, nervös auf und ab: Ihm war von Weitem anzusehen, dass er keinen Skandal wollte, so kurz nach der Einweihung.

»Also los, verplempern wir keine Zeit«, sagte Olindo zornig, »wer ist dieser Mann, und was hat er hier drin zu suchen?«

»Wer etwas weiß, möge es jetzt sagen!«, mahnte der Direktor.

Sandra hob die Hand und bat um das Wort: »Dieser Herr ist einer der Stammgäste der Rambla-Bar. Vor einigen Wochen traf ich ihn vor Teresas Tür, er wollte unbedingt hinein, aber Teresa war damit nicht einverstanden.«

Die Anwesenden hörten still und aufmerksam zu.

»Und was meinen Sie, Sandra, warum Teresa ihm nicht aufmachen wollte?«, fragte Cimino.

»Weil sie ihn nicht kannte.«

Ein Raunen und Tuscheln ging durch die Reihen der Pfleger. Ettore fühlte sich von bestürzten und voreingenommenen Blicken durchbohrt. Er wollte etwas sagen, aber Don Giuseppe bedeutete ihm zu schweigen und ergriff für ihn das Wort.

»Blödsinn!«, hob er die Stimme. »Ich selbst habe meinen Messdiener mit hierhergebracht. Er war der Erste, der mir von seiner Begegnung mit Teresa erzählt hat, am Abend der Einweihungsfeier.« Er sah den Anwesenden einem nach dem anderen fest in die Augen, er war ein ganz anderes Publikum gewöhnt. »Ettore, magst du uns erzählen, unter welchen Umztänden du Teresa kennengelernt hast?«

»In der Bar. Sie kam ganz allein dorthin, sie suchte ihre

Katze. Wir haben ihr gesagt, dass wir sie nicht gesehen hätten, aber sie hatte keine Lust, nach Hause zu gehen, also haben wir ›Gerade oder Ungerade‹ mit ihr gespielt«, berichtete Ettore.

»In der Bar?« Olindo riss die Augen auf und starrte den Direktor und die Belegschaft ungläubig an. »Meine Frau allein in der Bar? In ihrem Zustand?«

»Ganz genau«, betonte der Geistliche. »Während hier die Einweihung gefeiert wurde, ist es einer Ihrer Bewohnerinnen offensichtlich gelungen, eine kleine Bar aufzusuchen, die einen Kilometer entfernt liegt. Das ist in der Tat seltsam, finden Sie nicht auch?«, gab er den Schwarzen Peter weiter.

»Was wollen Sie damit andeuten? Dass wir unverantwortlich sind? Wollen Sie etwa behaupten, unsere Einrichtung sei nicht sicher?« Cimino beugte sich vor und streckte seine Arme mit geschlossenen Fäusten auf den Tisch.

»Sagen Sie es mir, Direttore: Wussten Sie oder wussten Sie nicht, dass Teresa sich entfernt hatte?«

Der Direktor murmelte etwas, bis der Fahrer des Kleinbusses ihm zur Seite sprang. »Ich habe gemerkt, dass Teresa beim Aufruf fehlte. Weil ich das Fest nicht stören und keinen falschen Alarm auslösen wollte, habe ich nur Virginia verständigt, und wir haben uns auf die Suche nach ihr gemacht. Später haben wir sie wie gewohnt in ihrem Bett angetroffen, also dachten wir, dass es vielleicht ein Irrtum gewesen sei.«

Der Direktor warf ihm einen vernichtenden Blick zu.

»Aber wer hat sie dann nach Hause gebracht?«, fragte Olindo immer fassungsloser.

»Der Besitzer der Bar«, antwortete Don Giuseppe. »Und deshalb wollte mein Assistent sich persönlich von Teresas Wohlergehen überzeugen und hat sie hier besucht. Hat Jesus etwa nicht gesagt, man soll den Kranken und Bedürftigen helfen?«

»Schon«, gab Olindo zu, »aber er sagte nicht, dass man sich zu einer alten Demenzkranken ins Bett legen soll! Ihr Assistent hat versucht, sie aufs Kreuz zu legen!«

Aus Sorge um ihre erst kürzlich angetretene Stelle verspürte Sandra das Bedürfnis, sich zu verteidigen: »Ich habe dem Herrn sofort erklärt, dass die Patientin verwirrt ist, er war also auf dem Laufenden.«

»Ihr macht wohl Witze!«, entgegnete Don Giuseppe. »Es ist ganz offensichtlich, dass ihr ihn nicht kennt. Er ist harmloser als ein Lämmchen!«

Die Pupillen der Anwesenden reagierten kaum wahrnehmbar, aber sie sahen Ettore schon in einem anderen Licht. Er für sein Teil nahm diese Bemerkung mit leichtem Argwohn auf und warf dem Geistlichen einen fragenden Blick zu. Der ignorierte ihn und fuhr fort. »Es zteht euch nicht zu, ihn zu richten. Aber wenn wir zon mal dabei sind... Wann bist du gestern Abend hergekommen, Ettore?«

»Gegen achtzehn Uhr.«

»Und du warst die ganze Zeit mit Teresa in ihrem Zimmer?«

»Ja.«

Don Giuseppe sah seine Gegner an.

»Teresa, die sich nach euren eigenen Aussagen in einem Zuztand geistiger Verwirrung befindet, wurde also von gestern Abend achtzehn Uhr bis heute Morgen von euch allen sich selbst überlassen...«

Teresa wohnte dem ganzen Spektakel belustigt bei.

Der Direktor musterte seine Angestellten, die immer kleiner wurden in ihren Stühlen. »Das kann nicht sein...«, stammelte er, »irgendwer muss doch gestern die Nachtschicht gemacht haben! Ich möchte sofort den Dienstplan sehen!«

Eine junge Krankenschwester mit Ponyfrisur, Sommersprossen und Piercing errötete und biss sich auf die Unterlippe.

»Debora, warum ziehst du so ein Gesicht? War das zufällig deine Schicht?«

Die junge Frau nickte verlegen. Wie sich herausstellte, war am Vorabend das Finale eines Tanzwettbewerbs im Fernsehen gelaufen, an dem ein Tänzer mit marmornen Hinterbacken und Locken aus Ebenholz teilgenommen hatte. Daher war Debora in der Werbepause nur einmal kurz über den Gang gelaufen und hatte an den Türen gehorcht, auch an der von Zimmer achtunddreißig. Da alles normal schien und sie die Anwesenheit eines Fremden nicht bemerkte, nahm die Katastrophe ihren Lauf.

»Dieses Heim ist das reinste Irrenhaus!«, mischte sich Eleonora an diesem Punkt ein.

»Allerdings, und ich werde Sie verklagen! Ich zeige Sie alle an, dich zu allererst!« Olindo zeigte mit dem Finger auf Ettore. Aber Don Giuseppe griff nach dem Finger und schüttelte ihn.

»Ruhe! Jetzt kommen wir zu euch beiden!«, rief er. »Ich komme nun zon eine ganze Weile her, aber *euch* habe ich hier noch nie angetroffen, kein einziges Mal. Ihr zreit am lautesten, dass Teresa Gedächtnisprobleme hat, aber weint jetzt bitte keine Krokodilstränen, weil sie euch vergessen hat!«

Die beiden starrten sich empört an. Inzwischen wusste man nicht mehr, wer recht hatte und wer nicht, wer womit angefangen hatte und warum.

»Niemand hier ist ohne Zuld. Ich zlage vor, dass alle die

Waffen niederlegen und sich einer Gewissensprüfung unterziehen«, endete Don Giuseppe.

Eine Reaktion der Anwesenden blieb aus, dafür begann ein Heimbewohner, der im Schlafanzug vorbeikam und sich an der Stille zu stören schien, zwei Stahltöpfe aneinanderzuschlagen.

Als sich am Mittag der Hunger bemerkbar machte, zog man ein Fazit: Olindo und Eleonora verlangten Teresas sofortigen Umzug in eine andere Einrichtung und eine beträchtliche Summe Schmerzensgeld, in bar und auf der Stelle zu zahlen. Was Ettore anging, wollten beide Parteien in Anbetracht seines Alters und der Arglosigkeit seines Tuns unter zwei Bedingungen ein Auge zudrücken: dass er Teresa ein für alle Mal in Frieden ließ und nie wieder einen Fuß in die Villa dei Cipressi setzte. Ein Urteil, das Basilio sicherlich mit Stolz erfüllen würde.

Als er das Altersheim ein für alle Mal verließ, sah Don Giuseppe ihm fest in die Augen, als wollte er sagen: *Jetzt sind wir quitt.*

Ohne ein Wort zu wechseln, fuhren sie mit dem Auto die Haarnadelkurven hinunter, aber bevor der Priester ihn vor seiner Haustür absetzte, ermahnte er ihn: »Am Sonntag will ich dich bei der Messe in der ersten Reihe sitzen sehen, verztanden?«

Als Ettore sich später in der Rambla-Bar zeigte, wurde er zu seiner großen Verwunderung wie ein Nationalheld gefeiert.

»Aber ... seid ihr gar nicht sauer auf mich?«

»Sauer? Warum sollten wir?«

»Ich habe die Regeln gebrochen ...«

»Im Gegenteil, wir sind stolz auf dich!« Cesare klopfte ihm auf die Schulter.

»Der Zweck heiligt die Mittel!«, erklärte ihm Riccardo.

Ettore war durcheinander.

»Was zählt, ist der Kampf, mein Freund, und du hast endlich gekämpft!«, bestätigte Basilio.

Ettore war glücklich, nicht seine Freunde verloren zu haben, doch tief in seinem Innern quälte ihn der Kummer darüber, dass er Teresa und der Aussicht auf einen warmen, geselligen Ort, den er »Zuhause« hätte nennen können, für immer Lebewohl sagen musste.

An diesem Abend legte Ettore sich ins Bett, schaltete das Licht aus, ohne viel zu grübeln, und, erschöpft von den ereignisreichen letzten Stunden, schlief er wie ein Engelchen.

21

Ein Schatz im Wald

In dem Moment, als Nicola mit seinem Kombi nach Le Casette di Sotto hineinfuhr, um an den Ort seiner Sommerfrische zu gelangen, stand Cordelia, die Dorftratsche, am Fenster, erkannte ihn am Turiner Kennzeichen und hatte nichts Eiligeres zu tun, als Corrado zu informieren und ihm Mafaldas Adresse zu geben. Wenn man den Gerüchten Glauben schenkte, wurden die Streitigkeiten zwischen Vater und Sohn immer heftiger. Der Anlass war immer derselbe: Der Sohn lebte inzwischen in Turin, und da er Gino nicht überreden konnte, ihm in die Stadt zu folgen, hoffte er, ihn in einer passenden Einrichtung unterbringen zu können. Corrado lachte sich ins Fäustchen; noch nie war die Gelegenheit so günstig gewesen. Nicht weniger erfreut begrüßte ihn Nicola, als er auf Mafaldas Hof erschien, um ihm seine Version der Dinge darzulegen. *Wie nett, dass dieser Polizist sich solche Sorgen um meinen Vater macht*, dachte er.

»Wusstest du, dass dein Vater irgendwo eine Ape versteckt, mit der er ohne Papiere durch die Gegend fährt?«, fragte Corrado ohne Umschweife.

»Aber er sieht doch nur noch Umrisse!«, rief Nicola erstaunt. Dann senkte er verbittert den Kopf. »Nein, das hat er mir nie gesagt.«

Sein Vater hatte nie akzeptiert, dass Ludovica ihn verlassen hatte, und aus einem Reflex heraus hatte er auch seinen Sohn immer aus seinem Leben ferngehalten. Nicola wusste so wenig über Gino. Dabei rief er ihn an, schrieb ihm Postkarten und sprach an Feiertagen regelmäßig mit Mafalda. Was sollte er denn tun? Was konnte er daran ändern, dass sein Leben nun einmal anderswo war?

»Ich verstehe ja, dass das eine schwierige Situation für dich ist«, sagte Corrado. »Aber meine Aufgabe ist es nicht nur, Strafzettel zu verteilen, sondern auch, die Unversehrtheit jedes Einzelnen zu gewährleisten. Eine große Verantwortung. Mit seinem Verhalten gefährdet Gino nicht nur sich selbst, sondern auch andere, deshalb muss ich etwas unternehmen. Das kannst du doch sicher verstehen, oder?«

»Klar, klar …«, murmelte Nicola unschlüssig.

»Vielleicht kannst du mir helfen.«

»Ich? Wie denn?«

»Bist du ganz sicher, dass du nicht weißt, wo diese Ape steckt?«

Nicola schüttelte den Kopf. »Nein, ich schwöre, er hat mir nie davon erzählt, und ehrlich gesagt, so wie ich ihn kenne, bin ich nicht mal sicher, ob er es mir sagen würde, wenn ich ihn danach frage.«

Corrado versuchte seine Enttäuschung zu verbergen. Er rieb sich nervös die Fingerknöchel. Dieser Nicola war wirklich ein Waschlappen, der hatte ja noch weniger Mumm als er. Er schien nicht den geringsten Plan zu haben, wusste noch weniger als alle anderen und wirkte nicht gerade, als sei er in der Lage, eine klare Position zu beziehen und sich gegen seinen Vater zu behaupten. Andererseits blieb er die einzige Person, die bereit war, mit ihm zusammenzuarbeiten, und das war nicht wenig. Er reichte ihm seine Visitenkarte, und eine halbe Stunde später stand er wieder im Büro seines Onkels, ganz fahl im Gesicht.

»Dieser Idiot von seinem Sohn hat keine Ahnung!«

»Was genau meinst du jetzt?«

»Sag mir die Wahrheit, Onkel, hast du diese Ape schon mal gesehen?«

»Ich persönlich nicht, aber ...«

»Und wenn es die Ape gar nicht gibt? Wenn das alles nur erfunden ist, Gerede der Leute?«

Der Bürgermeister kratzte sich den Handrücken.

»Ruhig, mein Junge, ruhig ... Du bist immer so voreilig mit deinen Schlussfolgerungen ...«

»Ich habe sie noch nie gesehen, du auch nicht, und Nicola wusste nicht einmal, dass sie existiert ... Was soll ich denn da denken?«, er begann, im Zimmer auf und ab zu wandern. »Und wenn das alles nur ein Scherz ist und sie mir einen Streich spielen? Im Grunde war es doch nur die Clique von Cordelia, die mir gleich nach meiner Ankunft davon erzählt hat ... Wenn das alles nur Märchen waren, um mich lächerlich zu machen? O Gott, das halte ich nicht aus!«

Wie viele Bürger, Händler, Rentner, Bekannte und Fremde hatte er schon nach dieser verdammten Schrottkiste ausgefragt? Und alle hatten nur mit dem Kopf geschüttelt. Wer weiß, womöglich hatten sie ihn hinter seinem Rücken ausgelacht, ihn verspottet und verhöhnt ... sein Ruf war ruiniert, man hatte seine Person entehrt und seine Würde mit Füßen getreten ... wieder mal! Er wollte nur noch weg, weg, weg aus diesem Teufelsnest!

Er rannte nach Hause, riss sich die Uniform vom Leib und sprang unter die Dusche, danach brach er völlig erschöpft in Unterhose auf dem Bett zusammen und sank in einen Schlaf, in dem es nur so von Albträumen wimmelte.

In der Morgendämmerung wurde Corrado vom Telefon geweckt.

»Mir ist eingefallen, wo mein Vater sie versteckt haben könnte«, es war die Stimme von Nicola.

Zwanzig Minuten später bellte Bill wie ein Wahnsinniger, als er den Polizisten vor dem Tor stehen sah.

»Still, du dummer Köter, du weckst noch das ganze Viertel auf!«, flüsterte der Polizist. Er hasste Hunde, vor allem wenn sie nicht sofort Ruhe gaben. Bill hörte ihm zu und fletschte als Antwort die Zähne.

Als Nicola die Treppe herunterkam, änderte Bill seinen Ton. Er winselte freudig, nieste und leckte sich zum Abschluss über die Nase. Seine Welt war wieder in Ordnung. Mit aufgestellten Ohren beobachtete er die beiden, wie sie hinter dem Haus den Weg in den Wald hinuntergingen, bis sie zwischen den Bäumen verschwanden.

»Also, dieser Wald hier gehört Mafaldas Vater, aber hinter dem Zaun beginnt das Grundstück meines Vaters.«

Sie kämpften sich weiter durchs Gestrüpp, kletterten durch ein Loch im Zaun, das jemand mit der Gartenschere hineingeschnitten hatte, und erreichten eine von sehr hohen und dicht bewachsenen Bäumen gesäumte Senke, in der nur ein paar Brombeersträucher und andere Büsche standen. Hier und dort lag ein Stück vermoderte Baumrinde auf einem Bett aus trockenem Laub.

»Hier hat mein Vater früher Holz gehackt, und da drinnen

bewahrte er sein Werkzeug auf«, er zeigte auf eine Hütte, die kaum mehr als ein paar Quadratmeter groß und fast vollständig unter Zweigen verborgen war.

Sie gingen darauf zu.

»Siehst du den Weg dort?«, Nicola streckte wieder den Finger aus.

»Der führt direkt von der Hütte zum Haus meines Vaters, das sind keine fünfhundert Meter.«

Corrado schwieg, er war nervös und aufgeregt über die jüngsten Entwicklungen. Bis zu diesem Moment war er noch nie in die Tiefen des Waldes vorgedrungen, er wusste gar nicht, welch unglaubliche Versteckmöglichkeiten er bot.

»Ich glaube, da ist sie drin«, erklärte Nicola. »Gehen wir nachsehen.«

Auf den letzten Metern wurden sie immer schneller, wie aufgeregte Kinder, die nicht an die Natur gewöhnt sind und sich im Sommer im Labyrinth der Pinien verirren. Früher hatte Nicola hier mit Mafalda und den anderen Nachbarskindern, zu denen er den Kontakt verloren hatte, Verstecken gespielt.

Sie erreichten die Hütte, strichen mit der Hand über die gespaltenen schiefen Bretter, liefen einmal um sie herum und blieben vor dem einzigen Fensterchen stehen. Dann reckten sie die Hälse, hielten sich die Hände spähend über die Augen und sahen: nichts. Als sie wieder einen Schritt zurücktraten, klebten die Überreste von Spinnweben an ihren kleinen Fingern. Mit angeekelter Miene versuchten sie sich davon zu befreien, indem sie die Hände an allem Möglichen abstreiften: an ihren Hosen, den Wänden der Hütte und den Baumstämmen. Dann sammelten sie Blätter vom Boden auf, wischten die Fensterscheibe damit sauber und versuchten es erneut.

Und da war sie endlich! Die museumsreife Reliquie, das antike Prachtstück, die Göttin des Rosts. Da stand sie in ihrer ganzen Erhabenheit. Die berüchtigte Ape. Corrado blühte regelrecht auf: Sein Selbstbild bekam wieder ganz neue Züge. Nicht mehr Corrado der Pechvogel, Corrado die Null, sondern Corrado der Scharfrichter, Auge des Gesetzes und Arm der Gerechtigkeit. Er war kein Spinner, sondern Realist, einer, der den Durchblick hatte und Respekt und Anerkennung verdiente.

Nicola klopfte ihm auf die Schulter und freute sich, seinen Beitrag geleistet zu haben.

»Und was machen wir jetzt?«

»Wir folgen dem Weg und gehen zu deinem Vater.«

Ein paar Hundert Meter weiter war Ginos Haus zu sehen. Sie legten sich hinter einem Straßengraben auf die Lauer und überlegten, wie sie weiter vorgehen sollten. Es war noch früher Morgen. Sie krochen weiter bis zu den Überbleibseln des einstigen Hühnerstalls, wo Nicola über einen alten Saatbehälter stolperte.

»Leise!«, schimpfte Corrado.

Lange blieben die beiden reglos dort hocken und warteten. Dann stand der Alte endlich auf, machte sich fertig und räumte auf. Als sie kurz darauf das unverwechselbare Klirren von zerbrochenen Tellern hörten, war ihnen das Bestätigung genug, dass dieser Mann auf der Stelle in ein Pflegeheim gehörte. Zu Corrados großer Freude öffnete um sechs Uhr fünfunddreißig jemand mühsam und ungeschickt die Tür. Heraus kamen drei zerrupfte Hühner und schließlich Gino, der, genau wie es Nicola vermutet hatte, den Weg hinunterging. Des Rätsels Lösung war so einfach gewesen! Zio Goffredo hatte recht gehabt: Man musste sich nur gedulden.

Mit etwas Abstand folgten die beiden ihm von Baumstamm zu Baumstamm bis zur Hütte und sahen zu, wie er die hölzernen Türflügel aufschob. Etwa fünf Minuten später hörte man die Zündung eines Motors stottern, und die Hütte verschwand in einer Abgaswolke. Dann fuhr die Ape auf den Weg und folgte ihm, hin und wieder von der Spur abkommend, in umgekehrter Richtung. Das Gefährt war so langsam, dass die Hühner keine Mühe gehabt hätten, daneben herzuspazieren, und Corrado fragte sich ernsthaft, warum es ihm nicht längst gelungen war, Gino in flagranti zu erwischen. Aber das musste er Nicola ja nicht auf die Nase binden.

»Siehst du? Hab ich's nicht gesagt?«, frohlockte der Polizist.

»Du hast recht«, gab Nicola zu, »mein Vater ist wirklich leichtsinnig.«

Sie waren ganz nah dran: Den Beweis, dass Gino mit dem Dreirad durch die Gegend fuhr, hatten sie nun gefunden. Wenn sie nun noch das zweite Versteck an der Bar ausfindig machten, konnte er es nicht mehr abstreiten. Doch erst mussten sie Verstärkung anfordern.

An der Bar angekommen, gab Corrado Nicola den Auftrag, die Telefonate zu führen. Von drinnen hörte man lebhafte Stimmen, Gelächter und Gläserklirren, als sei dort eine Party im Gange. Die Luft war geschwängert von verbranntem Gummi und dem warmen Mief eines Auspuffs, mit einem zarten Aroma von Hühnerkacke im Abgang. Corrado fand frische Spuren davon auf dem Boden, zwischen den Reifenspuren im Kies, die auf die Rückseite des Hauses führten, und folgte ihnen, bis er sich die Nase am geschlossenen Garagentor von Elvis platt drückte. Mit einem triumphierenden Grinsen, das er sich nicht verkneifen konnte, hängte er sich mit seinem ganzen Gewicht an den Griff des Garagentors, und als er es hochgeschoben hatte, fand er endlich den unanfechtbaren Beweis, nach dem er gesucht hatte. Die Ape funkelte in seinen Augen wie ein Juwel von unschätzbarem Wert.

22

Die Abrechnung

Als Gino an diesem frühen Morgen im August aufwachte, hatte er schon so eine komische Vorahnung. Er konnte nicht genau sagen, warum, aber eine vage Unruhe erfüllte ihn. Er war sicher, dass sich irgendetwas zutragen würde, und nach Prüfung der allgemeinen Umstände folgerte er, dass es sich dabei nur um eines handeln konnte: seinen Tod. Vielleicht lag es daran, dass die drei Hühner allem Anschein nach an seinem Bett gewacht hatten, was ihnen noch nie eingefallen war.

Normalerweise warteten sie brav im Esszimmer auf ihn, nie zuvor hatten sie sich getraut, die intime Grenze zum Schlafzimmer zu übertreten. Es war offensichtlich, dass sie das verhängnisvolle Ereignis vorausahnten und aus diesem Notfall heraus ihre guten Manieren vergaßen. Vermutlich hatten sie gespürt, vielleicht auch geträumt, dass das Hinscheiden ihres Besitzers kurz bevorstand, und waren zu ihm gekommen, um sich zu verabschieden.

»Heute ist also der große Tag«, sagte er laut zu ihnen, ohne sich sonderlich zu bemitleiden.

Er verspürte keine Angst, im Gegenteil, für ihn war es eher eine Art Befreiung. Schon seit einer Weile war er es überdrüssig, auf der Welt zu sein. Die Tage ähnelten einander schrecklich und erfüllten ihn nicht mehr mit Freude. Der glühende Sommer war die schlimmste Zeit des Jahres: Man atmete und bekam doch nie genug Luft, die Hitze war infernalisch. Die Füße brannten ihm in den Schuhen wie auf heißen Kohlen. Auch seine Knochen ließen ihm keine Ruhe: Bei fast jeder Bewegung durchzuckte ihn ein lähmendes Stechen, immer an einer anderen Stelle des Körpers, als machte der Schmerz sich einen Spaß draus, ihn zu überlisten. Freude, Geschmack und Farbe waren aus seinem Leben verschwunden. Tag für Tag ließ er über sich ergehen wie eine lästige Bürde.

Nein, diesem Leben würde er nicht nachtrauern, er war bereit. Er verspürte nur einen Hauch von Nostalgie, als er seine drei gefiederten Gefährtinnen fütterte und bei dem Gedanken an seine Freunde, die in der Rambla-Bar ohne ihn plauderten.

Von den Kumpeln aus der Bar war er der Älteste. Er hatte bestimmt fünfzehn Jahre mehr auf dem Buckel als die anderen, sogar fast dreißig mehr als Elvis. Für den längsten Teil ihres Lebens hatten seine Kameraden und er unterschiedlichen Generationen angehört. Als er ein Kind war, hatten viele der anderen noch nicht einmal das Licht der Welt erblickt, und in seiner Jugend waren sie für ihn nur andere Bewohner des Dorfes gewesen. Doch irgendwann, wie auf einen Glockenschlag, war dieser Altersunterschied plötzlich hinfällig geworden: Im Alter waren sie alle gleich. Diese Gemeinsamkeit hatte sie so zusammengeschweißt, dass aus Bekannten schließlich Freunde wurden, die sich nicht nur gelegentlich, sondern bald täglich trafen.

Er wusch sich gründlicher als sonst mit dem kalten Wasser aus seinem Brunnen, wählte den Anzug, der am wenigsten zerschlissen war, und hielt es für eine gute Idee, ein paar Teller abzuwaschen und die Spüle von dem Berg von Geschirr zu befreien, bevor er das Haus verließ, damit seine Seele in Frieden gehen konnte. Als er den ersten Teller in die Hand nahm, stellte er fest, dass der Schmutz inzwischen so verkrustet und eingetrocknet war, dass er ihn nicht wieder sauber bekommen würde. Weil er es aber für Unsinn hielt, seinen letzten Tag mit Hausarbeit zu verschwenden, nahm er die Teller nacheinander vom Stapel und warf sie einfach in den Müll, mit großem Geschepper und begleitet vom aufgeregten Gackern der Hühner. Als er sie in den Hof hinausließ, verabschiedete er sich gar nicht ausdrücklich, um sie nicht noch mehr zu verschrecken.

Dann fuhr er langsam und lustlos in die Bar, ohne all die Vorsichtsmaßnahmen, die ihn monatelang daran gehindert hatten, seine Ape-Fahrt von zu Hause in die Garage von Elvis richtig zu genießen. Bei seiner Ankunft kam niemand in den Hof. Durch das Fenster drangen schiefer Chorgesang und allgemeine Partystimmung. Alle waren sie da: Basilio, Riccardo, Cesare und Ettore standen aufrecht, wenn auch auf wackligen Beinen, da, sangen hin- und herschunkelnd die Lieder der Gebirgsjäger und hauchten einander ihre Alkoholfahne um die Ohren. Elvis dirigierte von seinem üblichen Standort hinter dem Tresen aus, beobachtete das Schauspiel genüsslich und amüsierte sich prächtig.

»Was ist denn hier los?«, fragte Gino verwirrt.

Riccardo trat aus dem Chor und verkündete außer sich vor Freude: »Ich bin geheilt!«

Zum Beweis lüpfte er Hemd und Unterhemd, und darunter zeigte sich ein schlaffer, blasser und geflickter Brustkorb, an dem endlich kein übel riechender Beutel mehr baumelte.

Gino freute sich lauthals mit ihm und gesellte sich zur Gruppe. Während er mit den Freunden sang, seufzte er. Vielleicht hatte er sich geirrt. Vielleicht war dieser Tag, den er als verhängnisvoll empfunden hatte, in Wirklichkeit ein neuer Anfang. Für Riccardo war er das ganz gewiss.

Das laute Aufschlagen der Tür, gerade als die Gesellschaft die Gläser abgestellt hatte, um eine neue Kartenrunde zu beginnen, klang wie eine Kriegserklärung. Es hallte in der Bar mit einer solchen Endgültigkeit wider, dass augenblicklich alle verstummten und Gino die Todesglocken in seinen Ohren läuten hörte.

»Gino! Komm raus, es ist zu Ende!«

»Gino, ich glaube, da sucht dich jemand«, kommentierte Elvis und ließ seinen Putzlappen ins Spülbecken fallen.

»Hab's gehört, bin ja nicht taub. Lass mich die Partie beenden.«

Elvis drehte sich zum Eingang um und rief: »Lass ihn die Partie beenden!«

»Sag ihm, dass wir draußen auf ihn warten!«, brüllte Corrado zurück.

»Er hat gesagt, dass ...«

»Ich weiß, was er gesagt hat, verdammt!«

Gino leckte an seinem Daumen und warf wie ein Diskuswerfer zwei Karten auf den Tisch. Dann nahm er den Kartenstapel und verteilte betont lässig die letzte Runde. Es war das armseligste Kartenspiel der Menschheitsgeschichte. Obwohl sich alle anstrengten, ihn gewinnen zu lassen, siegte am Ende Ettore, zu seinem eigenen Bedauern. Nach der Partie erhob Gino sich gemächlich von seinem Stuhl, wie er es, als seine Augen noch besser waren, in Dutzenden Western gesehen hatte, und durchquerte den Raum, ohne seinen Freunden ins Gesicht zu sehen, den Blick fest auf die Spitzen seiner Mokassins geheftet, die ganz zerfleddert waren von Unwettern und der ungezogenen Genoveffa. Er zog den Vorhang auseinander, wurde vom Licht verschluckt und ging hinaus. Was er dann sah, ließ ihn begreifen, warum seine morgendliche Vorahnung keine Illusion gewesen war und dass das unheilvolle Ereignis nun doch einzutreten drohte.

Draußen erwartete ihn Corrado breitbeinig und mit wie zum Duell verschränkten Armen, unterstützt von Nicola und dieser Schlange von Carmen, die eigens aus Turin angereist waren, um ihn einzusperren. Hinter ihnen triumphierte bereits der Kleinbus der Villa dei Cipressi mit aufgesperrtem Schlund, neben der Bustür hatten sich der Fahrer, Sandra und ihre Kollegin Virginia aufgestellt, und ein quietschender Rollstuhl hielt auf ihn zu wie ein Panzer.

Gino blieb stehen.

»Ich komme gleich wieder«, sagte er mit feierlich erhobenem Zeigefinger, ohne die Beherrschung zu verlieren. Dann machte er eine Kehrtwende und schlurfte im Schneckentempo zurück in die Bar. Alle fanden ihn entsetzlich buckelig und noch älter als sonst.

»Elvis, gib mir einen letzten Sambuca.«

Dass er dieses endgültige Adjektiv verwendete, überzeugte seine Freunde sofort von der Unwiderruflichkeit des Geschehens, das sich ankündigte. Während Elvis sich beeilte, seinem letzten Wunsch nachzukommen, standen alle auf.

»Ettore, ich will, dass du dich um meine Hühner kümmerst.« Gino hatte sich seinem alten Freund zugewandt. Angesichts der großen Verantwortung dieses Erbes schlotterten Ettore die Knie, er kreiste mit der Zunge um seinen Zahn herum und beschränkte sich auf ein stummes Nicken.

Gino trank seinen Sambuca auf ex, zeigte Basilio den militärischen Gruß und verschwand erneut durch den Vorhang. Die fünf eilten auf den Hof, um nachzusehen, was dort vor sich ging.

»Das ist ein Hinterhalt! Verräter!«, schrie Basilio mit geballten Fäusten.

»Redet schon! Wer war der Judas?«

Vom Lärm angezogen begannen sich die Dorfbewohner um sie herum zu versammeln. Ennio und seine Schwester Nanda kamen aus ihrem Zeitungsladen, der Apotheker schickte seine Tochter nachsehen, und Guido der Maurer verfolgte alles vom Dach des Postamtes aus, das er gerade flickte. Wer nicht den Mut hatte, sich einzumischen, beobachtete das Geschehen durchs Fenster.

»Beruhig dich, Basilio. Keiner von uns. Das war Nicola, mein Sohn«, erklärte Gino, ohne mit der Wimper zu zucken.

Nicola sah sich einen Moment zögerlich um, eingeschüchtert von all den großen und kleinen Schaulustigen, die scharenweise und sogar aus Le Casette di Sotto kamen, um sich das Spektakel anzusehen. Er ließ sich einen Augenblick ablenken, als er das bösartige Gesicht von Cordelia erblickte, die sich genüsslich die Hände rieb und mit einigen anderen Drachen tuschelte, die ebenso klatschsüchtig waren wie sie. Corrado ermunterte ihn mit einem leichten Knuff in den Rücken, mit seinem Vater zu sprechen.

»Komm schon, Papa«, begann er also, »du weißt doch selbst, dass es die beste Lösung ist.«

Gino kniff die Lippen zusammen.

»Wir haben gesehen, unter welchen Bedingungen du haust«, fuhr Nicola fort, »das kann nicht so weitergehen, du bist nicht mehr in der Lage, für dich zu sorgen. Die Küche ist eine Katastrophe, im Kühlschrank liegt nur die Rinde eines Pecorinos. Deine Klamotten sind verfilzte, stinkende Lumpen. Ich habe gehört, dass du kein warmes Wasser hast und dass dir der Fernsehanschluss gekappt wurde. Licht und Telefon hast du bald auch nicht mehr. Der Fußboden ist voller Hühnerkacke. Wie lange willst du noch so leben?«

Gino schützte seine Augen vor dem Sonnenlicht und vor der Schimpftirade, die ihn vor seinen Freunden und dem ganzen Dorf demütigte. Während sein eigen Fleisch und Blut öffentlich zur Schau stellte, was er unter Verantwortung und Vernunft verstand, schrumpfte Gino zusammen wie eine riesige Larve und ließ sich von den Worten torpedieren, ohne sich zu wehren. Er fragte sich ernsthaft, wie er es geschafft hatte, einen so schwachsinnigen Sohn auf die Welt zu bringen, und ihm kam der Verdacht, dass sich vielleicht Ludovica von da oben für seine Verfehlungen rächte.

»Uns hat dein Käse jedenfalls immer geschmeckt«, tröstete ihn Ettore.

»Und dass du stinkst, stimmt auch nicht«, setzte Riccardo hinterher, von neuem Selbstvertrauen gestärkt.

Gino nickte resigniert.

»Genug, genug!«, er hob die Arme. »Ihr habt gewonnen. Allein schaffe ich es nicht mehr.«

Die Freunde aus der Bar warfen sich argwöhnische Blicke zu.

»Aber Gino, du willst doch nicht etwa...«, begann Elvis.

»Bist du sicher?«, stammelte Ettore.

»Ja, ich bin müde. Ich bin am Ende!«

»Nein, nein, das glaub ich nicht! Ihr seid Schurken! Verbrecher seid ihr!«, schimpfte Basilio und ruderte mit den Armen, das Gesicht lila angelaufen vor Wut.

»Es ist nur zu seinem Besten …«, setzte Nicola an und nahm daher nicht die triumphierende Grimasse wahr, in der sich Corrados Lippen neben ihm kräuselten. Basilio plusterte sich auf wie ein Stier kurz vor dem Angriff, doch Cesare und Riccardo packten ihn an den Ellbogen, denn sie wussten, je mehr er schimpfte, desto größer war Corrados Vergnügen. Mit wohldosierten theatralischen Gesten reichte der Polizist Gino ein Blatt Papier und einen Kugelschreiber und zeigte ihm, wo genau er seine Unterschrift hinzusetzen hatte.

Gino nahm den Stift und kritzelte irgendetwas hin.

»Los, steig in den Bus«, forderte Corrado ihn auf.

»Sofort«, Gino warf einen letzten Blick auf seine Kameraden, die ihn enttäuscht und hoffnungslos ansahen, voller Bestürzung und Angst.

Er drehte sich um und ging auf seine Ape zu.

»Die wird beschlagnahmt«, wollte Corrado ihn aufhalten.

»Sicher. Lass mich ihr wenigstens Lebewohl sagen«, antwortete Gino mit ausdrucksloser Stimme.

Corrado stöhnte ungeduldig auf, aber Nicola bedeutete ihm, ihn gewähren zu lassen.

Gino trat neben das Dreirad und streichelte es, dann drehte er sich langsam um, ohne die Ruhe zu verlieren, und zeigte auf die Schlüssel, die am Mittelfinger seiner geöffneten Hand baumelten.

»Nicola, Corrado, wisst ihr was?«

Er rief so laut, dass es alle hörten.

»Leckt mich am Arsch!«

In einer Nanosekunde schlüpfte er ins Wageninnere, drückte die Knöpfchen der Türen und schloss sich ein, wohlwissend, dass die Zündung herumzicken würde. Mittlerweile waren Corrado und Nicola herbeigesprungen, schlugen mit den Handflächen gegen die Seitenfenster und forderten ihn auf, sofort wieder auszusteigen. Vergeblich: Der Motor dröhnte auf, Gino ließ die Reifen durchdrehen und brauste unter lautem Quietschen davon.

»Papa, was machst du denn? Halt an!«, rief Nicola ihm noch hinterher.

Die Menge der Schaulustigen wich erschrocken zur Seite, die Freunde der Rambla-Bar umarmten sich, Ennio und Nanda starrten einander mit großen Augen an.

Zwischen den Beinen der Erwachsenen tauchten Michela und ihre Spielkameraden auf und begannen laut jubelnd herumzuhüpfen: »Los, Gino, Los! Schneller! Schneller, Gino! Los!«

Die Reise hatte begonnen: Mitten auf der Fahrbahn raste Gino wie ein Wahnsinniger auf die große Kurve zu, die ins Tal hinunterführte, dicht gefolgt von der Masse der Schaulustigen. Als er am Obst- und Gemüseladen vorbeisauste, sah man den Zettel mit der Aufschrift BIN GLAICH ZURRUCK hochflattern. Orvilla, die gerade über den Zebrastreifen ging, bekam den Seitenspiegel nur am Ellbogen ab, doch den Transportkäfig für Katzen erwischte es mit voller Wucht, sodass fünf Packungen Kroketten, drei Plastikfische, zwei Eichhörnchenschwänze und verschiedene zusammengerollte Strümpfe herausfielen und die Bundesstraße hinunterpurzelten. Aus der Gegenrichtung kam Don Giuseppe angefahren, der sich die Haare raufte und schrie: »Gino, tu es nicht! Das ist eine Todsünde!«

Als Dottor Minelli den Lärm hörte, trat er ans Fenster seiner Praxis und erkannte in der Menge Ettore, der sich beide Hände vor das Gesicht schlug.

Gino war nicht mehr zu stoppen, er trat mit voller Kraft

aufs Pedal und ging ungebremst in die Kurve. Er hielt das Lenkrad gerade auf den Abgrund zu, dann gab er noch einmal ordentlich Gas und katapultierte sich ins Nichts. Der Aufprall hallte in den Hügeln wider, als wäre eine Bombe eingeschlagen.

Während die letzten Zauderer ihren Fenstern den Rücken kehrten, rannte Mafalda in Schlappen los, ohne den bellenden, an seiner Kette tobenden Bill zu beachten. Draußen traf sie auf Franca, die angsterfüllt »Riccardo!« schrie.

Über dem Steilhang standen große und kleine Gaffer beiderlei Geschlechts und in Tränen aufgelöste Kinder, die sich an ihre Eltern klammerten. Der Bürgermeister, Nicola, Carmen, die Belegschaft des Altersheims und die Freunde der Rambla-Bar wagten sich bis zum Rand des Abgrunds vor, unter dem die verknautschte Ape in einer Rauchwolke zu sehen war. Inmitten der allgemeinen Erschütterung, die alle hatte verstummen lassen, von den Menschen bis zu den umherfliegenden Spatzen, zerriss Basilios einsamer Schrei den Himmel.

»Es lebe die Freiheit!«

23

Das Versprechen

Als der Rettungswagen mit heulenden Sirenen an Rebeccas Haus vorbeifuhr, hätte sie ihn fast überhört. Sie war oben in ihrem Zimmer, nass geschwitzt und ihrerseits vollkommen damit beschäftigt, loszujaulen in wildem Begehren nach dem athletischen Körper von Goran dem Balkan-Hünen.

Rebecca und der Obsthändler hatten einander angezogen wie zwei Magneten, und die Leidenschaft war mit ihnen durchgegangen.

Es geschah in einem winzigen Moment, als sie sich während der Einweihungsfeier plötzlich ohne die Anwesenheit des Großvaters gegenüberstanden, nur von einem Baumstamm getrennt.

»Warum bist du so still?«, hatte er sie gefragt und seine geheimnisvollen, fremdländischen Augen in ihren hypnotischen Augen versenkt.

Goran behandelte sie mit einer Unerschrockenheit, die sie noch nie erlebt hatte, was ihr ziemlich gut gefiel.

»Ich habe nichts Intelligentes zu sagen«, wiederholte sie bescheiden, was die Erwachsenen ihr seit der Grundschulzeit eingeredet hatten.

»Und du, warum redest du so wenig?«, fragte sie in einem Atemzug zurück.

»Ich kann eure Sprache nicht«, gab er zu und zeigte sich in seiner ganzen Verwundbarkeit.

Ihre Herzen fanden zueinander. Vereint in einem Makel, der sie beide zu Außenseitern machte, wussten sie nach diesen wenigen, einfachen Worten, dass sie füreinander bestimmt waren.

Ohne viele Erklärungen hatte Rebecca ihn zu den Rehen und Eichhörnchen im Wald geführt, sich auf einem Lager aus Blättern ausgestreckt und ihn in einem Kokon aus Blumen und Haar empfangen.

Elvis hatte es übernommen, bei ihr zu klingeln, und war schließlich irgendwann dazu übergegangen, mit den Fäusten gegen die Holztür zu hämmern, um ihre Aufmerksamkeit zu wecken.

Zusammen eilten sie ins Krankenhaus, wo ein sehr geknickter Dottor Minelli ihnen verkündete: »Die Aufregung war zu viel für Basilio, er hat einen schweren Herzinfarkt erlitten.«

Ein Meer von Tränen lief über die rosigen Wangen seiner Enkelin.

»Er ist auf dem Weg der Besserung. Wir lassen ihn aber noch hier zur Beobachtung. Er braucht jetzt Ruhe.«

Sie warteten den ganzen Tag und die ganze Nacht, bis Basilio im nächsten Morgengrauen die Augen öffnete und zu rufen begann.

»Rebecca... Rebecca...«

Das Mädchen rannte an sein Krankenlager und nahm seine kalte, schwere Hand.

»Ich bin bei dir, ich bin hier...«

»Rebecca, mein lieber Schatz... Du erinnerst dich doch, wo ich meine Erinnerungen aufbewahre?«

»Natürlich, Großvater, mach dir keine Sorgen, sie sind in Sicherheit.«

Basilio nickte.

»Gut. Ich bitte dich, du musst sie immer gut aufheben, dein Leben lang. Gib sie deinen Kindern und den Kindern ihrer Kinder, und ich möchte, dass du im nächsten Jahr zur Gedenkfeier in meinem Namen redest. Versprichst du mir das?«

»Ja, Großvater, ich verspreche es. Ich kümmere mich um alles, du darfst dich nicht anstrengen.«

Warme Tränen der Dankbarkeit und der endlosen Traurigkeit quollen aus ihren Augen.

»Braves Mädchen, du hast alles gelernt, was ich dir beibringen konnte. Ich bin stolz auf dich.« Nun begann auch er verzweifelt zu schluchzen. »Oh, es tut mir leid, Rebecca, es tut mir so leid... Ich wollte dich nur beschützen... Ja, beschützen wollte ich dich, du warst so wehrlos...«

Zwischen zwei Schluchzern halluzinierte der Großvater, von Gewissensbissen gequält und besessen von einer Liebe, die sich zeigen wollte, bevor es zu spät war.

Rebecca spürte das und nahm all ihren Mut zusammen, wischte sich über das Gesicht und sagte: »Großvater, mach dir um mich keine Gedanken. Ich werde glücklich sein. Da ist etwas, das du wissen musst.« Sie drehte sich um und winkte Goran zu sich. Sie verschränkte ihre Finger in den seinen und warf ihm einen aufmunternden Blick zu.

Goran räusperte sich kurz, bevor er mit vor Aufregung quietschender Stimme offiziell verkündete: »Signor Basilio, ich herzlich heiraten deine Enkeltochter Rebecca!«

Basilio sperrte Mund und Augen auf, zog die Brauen in die Höhe, holte tief Luft, packte ihn am Kragen und stieß einen schaurigen Schrei aus: »Duuu!? Goran mit den eisigen Augen! Komm her, dass ich…«

Rebecca und Goran interpretierten diese heftige Reaktion als Äußerung seines innigsten Segens, doch niemand im Dorf erfuhr je Basilios wahres Ansinnen, denn gleich nach der folgenschweren Erklärung erstarrte sein ganzer Körper in einer tödlichen Attacke, seine Pupillen wurden glasig, seine von Stoppeln gesäumten Lippen schnappten ein letztes Mal nach Luft, und er sank leblos in die Kissen.

24

Der Abschied

Cesare stand vor dem Spiegel, klopfte sich Rasierwasser auf die Wangen, schmierte sich Gel in die Haare und quälte sich mit dem verhassten Krawattenknoten. Den hatte er noch nie gut hinbekommen, und in all den Jahren war es ihm nur recht gewesen, dass Irma das für ihn erledigte. Seine ungeschickten Bemühungen brachten ihn derart auf die Palme, dass sein inbrünstiges Fluchen bis auf den Hof zu hören war. Warum hatte er seine Frau nie gebeten, es ihm beizubringen? Er hatte immer über sie geschimpft, im Stillen aber geduldet, dass sie ihn umsorgte und bediente. Zwischen zwei Wutanfällen bemerkte er eine stille Präsenz in der Badezimmertür. Als er sich instinktiv umdrehte, stand Irma mit dem Koffer neben sich im Türrahmen. Er ließ die Arme sinken, und die Krawatte baumelte schlaff an seinem Hemd herunter. Ihm kam kein Gruß über die Lippen, doch Irma sah einen Funken Dankbarkeit in seinen blauen Augen aufleuchten.

»Willst du gar nicht wissen, wie es im Altersheim war?«, brach sie das Schweigen. Ihr Herz raste, und ihr war schwindlig wie einer Verliebten nach dem ersten Streit mit ihrem

Schatz. Sie wunderte sich, dass sie immer noch in der Lage war, solche Gefühle zu empfinden.

Cesare biss nicht an und antwortete trocken: »Du warst gar nicht im Altersheim. Anna hat mir Bescheid gesagt, dass du bei ihr bist.«

Irma schwieg, doch ihr kleiner Schmollmund verriet ihre Enttäuschung. Cesare widmete sich wieder seinem Spiegelbild und begann, weiter an seiner Krawatte herumzufummeln.

»Und willst du gar nicht wissen, wie ich ganze zwei Tage ohne dich zurechtgekommen bin?«, startete er einen Gegenangriff, immer noch seinem eigenen Spiegelbild zugewandt.

»Das weiß ich. Ich hatte dir ja alles fertig ins Tiefkühlfach gelegt«, antwortete sie prompt.

»Was, ist das wahr? Da habe ich gar nicht reingeguckt!« Diesmal drehte Cesare sich ruckartig um und gab seine Abwehrhaltung endgültig auf.

»Gott im Himmel, was hast du denn dann gegessen?«

»Trockenes Brot«, beichtete er verschämt.

»Das alte Brot, das ich für die Vögel aufhebe?«

Cesare nickte salbungsvoll, beeilte sich aber zu sagen: »Aber meine Medikamente habe ich alle genommen.«

»Einfach so, auf leeren Magen? Du bekommst bestimmt eine Gastritis!«

Vor lauter Sorge schlug sie sich mit der Hand auf die Brust.

Cesare zuckte elend mit den Schultern, doch Irma schüttelte nur den Kopf und bekam glänzende Augen. Sie war so froh, wieder zu Hause zu sein. Anna war ihre Tochter, und sie liebte sie über alles, aber die beiden Tage, die sie bei ihr verlebt hatte, waren furchtbar gewesen. In Filippos Kinderbett hatte sie kaum ein Auge zugetan, zwischen Spielzeugautos,

Fußbällen und Konsolenspielen, und die Pizza vom Bestelldienst, die sie am Abend zuvor um halb zehn mit ihnen hatte essen müssen, lag ihr immer noch schwer im Magen. Annas Mann war ein anständiger Kerl, aber selbst nach der Arbeit klebte er am Computer oder führte stundenlange langweilige Gespräche am Handy. Sie hatte sich völlig fehl am Platz gefühlt und die Nacht damit verbracht, sich zu überlegen, unter welchem Vorwand sie nach Hause zurückkehren könnte, ohne ihren Stolz mit Füßen zu treten. Als Anna ihr am nächsten Morgen sagte: »Franca ist am Telefon und möchte mit dir sprechen«, hatte sie fast einen Herzinfarkt bekommen, denn sie hatte ihre Freundin gebeten, nur im allergrößten Notfall anzurufen. Die Zeit, bis sie begriffen hatte, dass nicht Cesare das Opfer war, kam ihr endlos vor. Untröstlich für Basilio, aber dankbar, noch einen Mann zu haben, hatte sie sich auf ihren Koffer gesetzt, damit die Schnalle einschnappte, war allein zur Haltestelle gerannt und hatte auf den ersten Regionalbus in die Berge gewartet.

»Soll ich dir helfen?«

Irma stellte sich ganz dicht vor ihren Mann und griff sanft nach den beiden Krawattenenden. Und er ließ sie mit teilnahmsloser Miene gewähren. Eines Tages würde er sie bitten, ihm das Krawattenbinden beizubringen, aber heute war ihm nicht danach. Während sie mit ihren geschickten Händen den Stoff drehte und wendete, kam ihm die seltsame Vorstellung in den Sinn, wie er ganz allein in seinem leeren Haus saß und ein Foto von Irma mit einem schwarzen Trauerband in der Ecke betrachtete. Er stellte sich vor, wie sein Leben ohne sie aussehen würde. Ohne ihre bis zum Ellbogen eingemehlten Arme, die in der Küche herumwerkelten, ohne die nach Kernseife riechenden Kleider, die sie sorgfältig gefaltet in die große Schlafzimmerkommode sortierte, ohne ihre schrille Stimme, die ihn ermahnte, seine Tabletten zu nehmen, die er dann liebevoll neben einem Glas auf dem Tisch vorbereitet fand, für den Fall, dass er sein Hörgerät ausgestellt hatte, um sie nicht zu hören. Er sah sie vor sich, wie sie trotz ihres kaputten Rückens seine Schuhe polierte und anschließend ordentlich neben der Tür aufreihte; wie sie ihm die durchlöcherten Socken flickte oder die Hose kürzte, die er auf dem Markt in der falschen Größe gekauft hatte, weil er keine Lust hatte, sie im Lieferwagen des Händlers anzuprobieren.

Gemeinsam verließen sie das Haus, stiegen ins Auto, und sie war diejenige, die fuhr.

Als er sie kurz danach beobachtete, wie sie einen freien Parkplatz in der Nähe der Kirche suchte, traten ihm dicke Tränen in die Augen: Irma, sein Segen und seine Plage, die tragende Säule und der Stachel in seinem Fleisch. In manchen Momenten hatte er sie sogar gehasst. Er konnte es nicht ausstehen, wenn sie die Autotür mit ihrem breiten Hinterteil ins Schloss warf, die Möbel umstellte, sich einen Weg durch die Markstände bahnte und einfach alles im Haus bestimmte, wo er ohne ihr Einverständnis nicht das Geringste anrühren oder verändern durfte. Er hatte ihr ordinäres Lachen gehasst und ihre schrille Stimme, vor allem beim Telefonieren, die Ursache oder Folge seiner Schwerhörigkeit. Er erinnerte sich, wie er eines Tages, als sie in der Badewanne eingeschlafen war, insgeheim gehofft hatte, sie würde ins Wasser rutschen und ertrinken.

Doch wenn er Hilfe brauchte, sei es körperliche oder moralische, war er instinktiv immer zu ihr und nur zu ihr gegangen. Im Rückblick konnte er sogar sagen, dass sie glückliche

Zeiten miteinander verlebt hatten. Zwischen ihnen herrschte eine solide Beziehung, dann kamen Tommaso und Anna auf die Welt und schenkten ihnen später ihrerseits drei wunderbare Enkel, die in null Komma nichts groß geworden waren, nun auf die Mittelschule gingen und meist Dringenderes zu tun hatten, als den schwerhörigen Opa und die mürrische Oma zu besuchen. Aber das war in Ordnung, sie sollten ihren Spaß haben, solange sie noch jung waren.

Cesare musste zärtlich lächeln beim Anblick der Schulklassen, die an der Prozession teilnahmen, um sich vom letzten Partisan des Appennino Reggiano zu verabschieden, der ein bisschen plemplem gewesen war und ihnen jedes Jahr dieselbe Leier über Frieden und Freiheit vorgesungen hatte.

Nun waren sie also wieder allein, Irma und er, wie damals in ihrer Jugend, als sie noch so viele Pläne hatten und in die Zukunft schauten, nur mit dem Unterschied, dass sie jetzt das ganze Gewicht der Jahre auf ihren Schultern trugen und von der Erinnerung an die Vergangenheit zehrten, in einem Haus, das sie unter großen Opfern für die Kinder ausgebaut hatten und das nun viel zu riesig war und angefüllt mit Krempel, altem Spielzeug und gerahmten Fotos.

Die Blumen auf Basilios Bahre erzitterten bei jedem Schritt und im Rhythmus des Gemeindechors, der zusammen mit den Kindern und Don Giuseppe »Signore delle cime« für ihn sang.

Mit einer Hand am Sarg begleitete Rebecca, von Goran gestützt, Schritt für Schritt ihren geliebten Großvater auf seinem letzten Weg, das Gesicht von Tränen überströmt und mit vom Kummer geröteten Wangen und Nase. Nicht weit von ihr entfernt sah Cesare Elvis und Riccardo. Der Freundeskreis aus der Bar zog sich immer enger zusammen. Ettore hatte sich entschieden, nicht zu kommen: Obwohl er sich Don Giuseppe wieder angenähert hatte, wollte er nicht am Trauergottesdienst für Basilio teilnehmen. Das Risiko, wieder in Depressionen zu verfallen, wenn er die Predigt hörte, war zu groß, das konnte er sich nicht mehr erlauben. Er hatte einen ganz klaren Auftrag, von dem ihn nichts und niemand abhalten würde. Denn Ginos Hühner zu versorgen war nicht nur eine Art, seine Freundschaft zu beweisen, sondern auch ein Zeichen, dass das Leben weiterging. Und zwischen Leben und Tod hatte er sich dieses Mal für das Leben entschieden.

So in Gedanken vertieft konnte Cesare nicht umhin, sich zu fragen, was aus ihm würde, wenn Irma eines Tages von ihm ging. Was sollte er tun, wenn sie vor ihm starb? Er wäre ein verzweifelter nutzloser Alter, ein Nichts, ein wandelndes Gespenst; wenn er aber zuerst sterben würde, käme sie sicher zurecht: Irgendwie würde sie sich mit der gewohnten Würde durchschlagen.

Er fragte sich, wen es wohl als Erstes treffen würde, und drehte sich zu ihr um. Irma, der nichts entging, nahm auch diesen flehenden Blick wahr, ohne etwas zu sagen. Wenigstens dieses eine Mal hielt sie den Mund und drückte ihm in seinem Schmerz nur tröstend den Arm.

Cesare übermannten die Gefühle. Ja, er hatte sie geliebt, in guten wie in schlechten Zeiten. Und er konnte mit Sicherheit sagen, dass er sie genau in diesem Moment mehr liebte als alles auf der Welt, dass er sie noch nie so intensiv, so aufrichtig geliebt hatte wie in diesem Augenblick. Nicht einmal, als ihre Körper noch stark und begehrenswert waren und sie ihr erstes Kind planten. Damals waren sie zu sehr damit beschäftigt gewesen, den Berg zu bewältigen, der vor ihnen aufragte. Doch jetzt hatten sie den Gipfel erklommen und konnten sich hinsetzen, ausruhen und einen entspannten Blick auf den zurückgelegten Weg und die ertragenen Mühen werfen. Sie hatten es geschafft! Sie waren gemeinsam bis zur Ziellinie gekommen.

Während der Trauerzug durch das Friedhofstor schritt, jubelte Cesare innerlich darüber, dass es ihm vergönnt gewesen war, sein Leben an der Seite von Irma zu genießen und ihre quälende Stimme zu ertragen. Das war viel besser, als eine so jämmerliche Figur abzugeben wie Ettore.

25

Ein neues Leben

»Herein!«

Insgeheim hoffte Dottor Minelli immer noch, Ettore in sein Sprechzimmer eintreten zu sehen. Nach dem unglücklichen Ausgang seines Stelldicheins im Altersheim hatte der Alte sich nicht mehr in der Praxis blicken lassen, offenbar weil er sich schämte. Den Arzt plagten große Schuldgefühle, dass er ihn, wenn auch in gutem Glauben, in eine so abscheuliche Lage gebracht hatte. Anfangs hatte er sogar eine Entschuldigungsrede vorbereitet, für den Fall, dass Ettore kurz vor der Mittagspause zu ihm kam, um ihm sein Leid zu klagen, doch Ettore war nie wieder erschienen, und Dottor Minelli hatte sich oft gefragt, wie seine Nächte wohl aussehen mochten, nun, wo auch die letzte Hoffnung, seinem Leben einen Sinn zu geben, erloschen war, und noch dazu auf so unrühmliche Art und Weise.

Nach den tragischen Ereignissen in der Rambla-Bar fragte er sich ernsthaft, wie sein einstiger Patient das verkraften würde. Er hatte gehofft, ihm Mut machen zu können, ihn irgendwie davon zu überzeugen, dass ein unbeschwerter Lebensabend, frei von Reue und Melancholie, immer noch möglich war.

Doch die Tage vergingen, und irgendwann hatte der leere Stuhl im Wartezimmer nichts Befremdliches mehr, und die Nummer siebenundzwanzig wurde ihm mal von einem Jungen, mal von einer Frau mittleren Alters, mal von einem Mann, der sich bei der Arbeit verletzt hatte, überreicht. Der junge Arzt hatte sich daran gewöhnt, immer neue Gesichter und Mienen zu sehen, er wusste, dass das Karussell des Lebens sich ohne Unterlass drehte und er Schritt halten musste.

Dennoch war er erstaunt, als ihm die Nummer siebenundzwanzig an diesem Vormittag im Spätsommer von Marilena überreicht wurde, die als Letzte noch im Wartezimmer saß und ihn anstrahlte.

Überrumpelt von diesem außerplanmäßigen Besuch bat er sie in sein Sprechzimmer, wo sie ihm sogleich mit der ihr eigenen Offenheit und ohne große Vorreden verkündete: »Wir kriegen ein Kind!«

Überwältigt von unbeschreiblichen Gefühlen nahm er ihr Gesicht in die Hände, küsste sie leidenschaftlich und drückte sie in einer kräftigen Umarmung an sich, die er erst wieder lockerte, als Marilena protestierte.

Dann hob er sie mit herrischer Geste hoch und trug sie wie einen Kartoffelsack auf die Liege, wo er ihre Beine spreizte und ihr den Rock nach oben schob, um seinen Kopf zwischen ihren bernsteinfarbenen Schenkeln und seine Nase in den salzigen Löckchen zu vergraben.

Er legte sich auf sie und streifte mit seinem stoppeligen Gesicht über ihre Brüste, bis sie »Du kratzt!« sagte, dann rutschte er weiter nach unten und fand einen Ruhepunkt auf ihrem noch flachen Bauch.

Ohne es sich selbst erklären zu können, erwachte Dottor

Minelli mit einem Mal aus seiner Trägheit und verspürte das angenehme Bedürfnis, ein Telefonat zu führen.

»Wir müssen Ettore die schöne Neuigkeit erzählen!«, rief er aus und sprang auf die Beine.

Marilena blickte ihn fragend an.

»Ein alter Freund von mir«, fügte er hinzu. Er zog die Schublade auf, kramte das Telefonbuch hervor und wählte die Nummer seines Patienten. Am anderen Ende der Leitung hörte er es klingeln und klingeln und klingeln.

26

Wieder zu Hause

An einem Nachmittag im September ging Ettore zu Orvilla, um eine Sache zu klären, die noch in der Schwebe war.

»Du führst ein so elendes Leben, und auch deinen eingesperrten Katzen geht es erbärmlich. Wenn ich euch so sehe, werde ich ganz traurig«, sagte er zu ihr.

In den vergangenen Monaten war er vom Glauben abgekommen und hatte die Todesangst, den Rausch der Verliebtheit und die Trauer um den Verlust seiner Freunde erlebt. Nun war er bereit weiterzugeben, was er gelernt hatte. Orvilla hielt sich den Unterleib, um zu verhindern, dass die ständigen, heftigen Hustenkrämpfe ihr auch noch einen Leistenbruch bescherten. Als sie genug Luft für eine Antwort geschnappt hatte, wimmerte sie: »Ach, Ettore, sag so etwas nicht, das weiß ich doch selbst...«

»Warum lässt du sie dann nicht frei? Und mach die Fenster auf und lass ein bisschen Licht und Luft herein, sonst erstickst du hier noch.«

»Aber ich hab doch gleich die Bundesstraße vor dem Haus...«, versuchte sie ihn davon abzubringen.

Ettore zeigte auf den Hof, wo sich die Transportkäfige stapelten. »Wir bringen sie in den Wald und lassen sie gemeinsam frei. Zu zweit ist es nicht so schwierig.«

Orvilla protestierte schwach, indem sie irgendwas vor sich hin brummte, bis sie vom nächsten Hustenkrampf geschüttelt wurde.

Sie musste klein beigeben. Tief in ihrem Innern wusste sie, dass nicht nur die Katzen ihre Gefangenen waren, sondern sie selbst auch zur Gefangenen ihrer Katze geworden war. Sie erstickten sich gegenseitig. Wenn sie nicht in diesem Brennofen, den sie ihr Haus nannte, zu Asche werden wollte, musste sie die Reißleine ziehen.

»Wenn ich mich wirklich von ihnen trennen muss, dann lieber gleich.«

Sie holten die Käfige und sammelten unter großen Mühen die Katzen ein. Um nicht mehrmals gehen zu müssen, quetschten sie so viele wie möglich in einen Käfig, dann klemmten sie sich ihre Beute unter den Arm und kletterten ganz in Ruhe den kargen Bergpfad hinauf.

Hinter der vierten Biegung stellten sie die Käfige in einer Reihe auf einer schattigen Lichtung auf, um die Törchen aufzusperren. Orvilla schickte Ettore einen flehenden Blick, doch er nickte ihr nur aufmunternd zu. Sie nahm einen letzten Atemzug aus ihrer Spraydose und nickte zurück.

Es gab keine größere Freude, als zuzusehen, wie ihre Lieblinge in eleganten, hohen Sätzen davonsprangen, verspielt mit den Tatzen aufeinander einschlugen und sich zu Knäueln zusammenrollten, um das Ende der Gefangenschaft zu feiern. Orvilla spürte, dass sie das Richtige getan hatte, und trocknete sich die Augen, während sie mit Ettore denselben Weg mit leeren Käfigen wieder hinunterstieg.

»Ich muss jetzt gehen«, verabschiedete sich Ettore vor

ihrem Gartentor. »Ich habe noch etwas Wichtiges zu erledigen.« Damit hob er seinen Hut und ging nach Hause.

In den folgenden Monaten würde er wiederkommen und die Fensterläden lackieren, die Räume entrümpeln und die Wände weiß anstreichen. Die Fenster blieben geöffnet und wurden mit neuen Vorhängen geschmückt. Orvilla vermisste ihre geliebten Katzen in jeder Sekunde, und ihr Leben war nun zwar gesünder, aber zweifellos auch leerer. Bis sie eines Tages eine Überraschung erlebte, die ihr den Atem verschlug: Auf dem Fensterbrett saß eine getigerte Katze, majestätisch und stolz, die sie mit Abstand und Respekt beobachtete. Sie lief vorsichtig über die Fensterbank, ließ sich streicheln und füttern, machte einen Streifzug durch den Garten und verschwand dann wieder. Von diesem Tag an kam und ging sie, wie es ihr gefiel. Mit der Zeit gesellten sich weitere wilde Katzen dazu, die nur für ein Stündchen, einen Nachmittag, eine Woche oder auch monatelang blieben, um dann spurlos zu verschwinden und im Frühjahr darauf wieder aufzutauchen. Jeder Tag war unvorhersehbar, und wenn Orvilla morgens aufstand, war sie neugierig, wer sie an diesem Tag besuchen kommen würde und für wie viele Tiere sie Kroketten zubereiten musste.

Dass Fell auf der Straße klebte, kam nur noch selten vor: Die Katzen hatten jetzt keine so große Angst mehr vor Orvilla, dass sie panisch vor ihr davonrennen mussten. In ihrem Garten zählte sie sieben Stück, doch nur zwei entschlossen sich, bei ihr zu bleiben und Haustiere zu werden. Die beiden Katzen, die man einige Jahre später, so erzählte man sich, an Orvillas leblos auf dem Fußboden liegenden Körper fand, wie Schals um ihren Hals gekringelt und die Köpfe schützend über ihrem Gesicht.

27

Böses Erwachen

Eingerahmt von einem Lichtschein ungewisser Herkunft bewegte sich eine dunkle, unscharfe Silhouette vorsichtig auf ihn zu. Gino glaubte, das breite Gesicht von Ermenegildo zu sehen, der ihn als Petrus für Arme im Paradies willkommen hieß. Doch aus seinem Mund trat eine warme Frauenstimme, die weder zum Bart des einen noch zum Körperbau des anderen so recht passen wollte.

Gino kniff die Augen zusammen, und als er sie wieder aufschlug, erkannte er Sandra, die Altenpflegerin mit den großen weißen Pferdezähnen, die ihn lieblich mit den Augen klimpernd anlächelte.

»Da sind Sie ja wieder, Gino! Willkommen in der Villa dei Cipressi. Was möchten Sie gern zum Abendessen, Blumenkohlpüree oder Kartoffelstampf?«

Der Alte fuhr zusammen. Als er sich aufrichten wollte, stellte er fest, dass er an einen Infusionsschlauch gefesselt war, und an der bläulichen Wand gegenüber hingen ein mit einem Olivenzweig geschmücktes Kruzifix und ein Plasmafernseher. Immer noch verwirrt blickte er sich um und bemerkte eine weitere undeutliche Gestalt zu seiner Rechten.

Dort hinter dem Fenster, das auf den Pinienwald hinausging, erkannte er mit Mühe das zahnlose Lächeln von Ettore, der ihm, da er das Altersheim nicht mehr betreten durfte, feierlich aus dem Weißdorngebüsch heraus zuwinkte. Linda unter dem einen Arm, Schätzchen unter dem anderen und Genoveffa... Genoveffa war nicht dabei, wer weiß, wahrscheinlich hatte sie sich nicht einfangen lassen. Jedenfalls nahm dieser Anblick ihm den letzten Zweifel.

»Verdammter Mist!«, knurrte Gino, der nun wieder völlig bei sich war. »Ich bin noch am Leben!«

EPILOG

Ein Jahr später

»Los, Jungs, an den Tisch mit euch! Essen ist fertig!« Dottor Minelli kam mit geradem Rücken aus der Küche stolziert. Er trug eine weiße Kochschürze mit einem Aufdruck des David von Donatello. Zwischen den Ofenhandschuhen hielt er eine Auflaufform voller Cannelloni mit Ricotta und Spinat, die er mit großer Sorgfalt zubereitet hatte. Am gedeckten Tisch verbreitete sich der Duft von Ragú, vermischt mit heißer Béchamelsoße und Parmigiano Reggiano. Dieser appetitliche und einladende Duft war für Ettore etwas ganz Neues: Es roch nach Familie und nach Menschen, die sich gernhatten.

An die sonntäglichen Mittagessen bei Dottor Minelli – oder besser: bei Alberto, wie er jetzt genannt werden wollte – hatte er sich noch nicht ganz gewöhnt, und wenn er sich vor dem Eintreten die Schuhe auf der Fußmatte abtrat und den Hut vom Kopf nahm, war er immer noch ein bisschen aufgeregt. Er saß dann etwas steif in einer Ecke des Sofas, die Unterarme rechts und links von den Beinen, die Knie fest zusammengedrückt und den Blick voller Bewunderung auf Marilena gerichtet, die neben ihm saß und damit beschäftigt war, die kleine Gloria zu stillen oder zu knuddeln oder ihr irgendwelche Kinderreime vorzusingen.

Gloria war vor sechs Monaten auf die Welt gekommen, und der gerührte Ettore war ihr Taufpate geworden. Dottor Minelli hatte darauf bestanden: Weil er seinen richtigen nie kennengelernt hatte, wollte er Ettore unbedingt als Großvater adoptieren und als Urgroßvater für seine Tochter.

Die Tauffeier war wunderschön gewesen, Don Giuseppe hatte eine Passage aus dem Evangelium nach Markus zitiert, die Ettores volle Zustimmung fand. In der Bibelstelle hieß es, die Leute trugen ihre Kinder zu Jesus, damit er sie segne, doch die Jünger versuchten das zu verhindern, weil Kinder in der Gesellschaft damals nichts zählten. Nach Don Giuseppe entgegnete ihnen der empörte Jesus: »Lasset die Kindlein zu mir kommen und wehret ihnen nicht; denn solcher ist das Reich Gottes. Wahrlich ich sage euch: Wer das Reich Gottes nicht empfängt wie ein Kindlein, der wird nicht hineinkommen.« Anschließend erklärte der Pfarrer die Bibelstelle noch ausgiebig.

»Verzteht ihr, was diese Worte bedeuten? Wir müssen die Welt mit den ztaunenden, bewundernden Augen eines Kindes betrachten, so wie Gloria in diesem Moment«, und er beugte sich hinunter und streichelte ihr zärtlich über die Stirn. »Zaut sie euch gut an: Sie ist wie ein zartes Pflänzchen, das, damit es wachsen und ein ztarker Baum werden kann, eurer ganzen Zuwendung und Pflege bedarf. Verzteht ihr? Sie hat keine andere Wahl, als euch vollkommen zu vertrauen: dir, Marilena, und dir, Alberto, und auch dir, Ettore. Und so, wie sie ihr Leben in eure Hände gibt, leben auch wir in unserem Glauben, um in das Reich Gottes zu gelangen.« Hier faltete der Pfarrer andächtig die Hände. »Ich weiß, je älter wir werden, desto größer wird unser Misstrauen, denn die Hindernisse sind zahlreich, da kann man leicht den Glauben verlieren. Aber wenn wir uns bis zum letzten Atemzug den Blick eines Kindes bewahren, bleiben wir offen für das Leben und vermögen es, Liebe zu geben und zu empfangen. Und was heißt das, liebe Gemeinde? Das heißt, wir müssen gar nicht auf das Jenseits warten! Aber nein! Wir können das Reich des Herrn schon jetzt erzaffen, hier unten auf der Erde! Denn das Reich Gottes ist nichts anderes als das Reich der Liebe!«

Da verstand auch Ettore die Sache mit der Liebe, die hier auf Erden beginnt, und er fühlte sich angesprochen, denn wenn er länger darüber nachdachte, kamen ihm verschiedene konkrete Beispiele in den Sinn, die ihm in letzter Zeit widerfahren waren. Er hatte die Leidenschaft zu einer Frau erlebt, das Gefühl der Erfüllung, das es einem gibt, anderen zu helfen und sein Wort zu halten, den Mut, Verantwortung zu übernehmen, und die Beglückung darüber, zu jemandem zu gehören. All dies erfüllte ihn mit einem Gefühl der Liebe zum Leben, und je mehr Liebe er empfand, desto weniger Angst machte ihm der Tod. Dieses Wunder hatte er Ermenegildo zu verdanken, denn mit seinem Erscheinen hatte er ihn gezwungen, in sich hineinzublicken. »Wach auf! Wach auf!«, hatte sein Freund ihn im Traum ermahnt. Das verstand er erst jetzt. Ermenegildo war gekommen, um ihm zu sagen: »Sieh dich an! Tu etwas! Du bist zwar noch am Leben, aber du führst dich auf, als wärst du tot.«

Wer weiß, vielleicht würde auch Basilio ihm früher oder später im Traum erscheinen, um ihm einen nützlichen Rat zu seinem irdischen Dasein zu geben, etwa dazu, wie man ein vorbildlicher Großvater wurde.

»Kannst du sie mal auf den Arm nehmen, Ettore, ich bin so erledigt!« Nach dem Mittagessen überreichte Marilena ihm die Kleine, bevor er etwas entgegnen konnte. Gloria in den Armen zu halten, brachte ihn immer noch durcheinander. Die Kleine sah ihn ein paar Augenblicke verwirrt an, dann schenkte sie ihm ein Lächeln, das dem seinen zum Verwechseln ähnlich sah: Seit Kurzem besaß sie ihren ersten Zahn.

»Hiermit kannst du sie aufheitern, das findet sie urkomisch.« Marilena reichte ihm ein Plastikspielzeug.

Es war eine Rassel in der Form einer Sanduhr. Im Innern rollten ganz viele bunte Kügelchen umher: grün, blau, orange, gelb, rot und lila. Wenn sie in den unteren Kolben rutschten, gab es ein freundliches und beruhigendes Geräusch. Wenn sie allesamt nach unten geplumpst waren, bildeten sie dort einen neuen bunten Hügel, während der obere immer weiter schrumpfte. Es war eine Freude, gemeinsam mit Gloria zuzusehen, wie die Zeit in all ihren Farben davonglitt. Als auch das letzte Kügelchen unten gelandet war, herrschte einen kurzen Moment Stille, und Gloria horchte verdutzt auf.

»Nein, meine Kleine, du musst keine Angst haben, weißt du? Die Musik ist zu Ende, aber nicht das Spiel. Du musst nur *so* machen, schau? Ganz einfach, siehst du?« Ettore drehte die Sanduhr auf den Kopf, und die süße Musik erklang von Neuem.

Anmerkungen und Dank

Die Frage, die mir zu diesem Roman am häufigsten gestellt wird, ist, wie ich in meinem Alter auf die Idee gekommen bin, eine Geschichte über »Alte« zu schreiben. Stimmt, ich kann mich nicht vollkommen in einen älteren Menschen hineinversetzen, der Tag für Tag mit den körperlichen Beschwerden des Alters fertigwerden muss, noch kann ich das ganze Ausmaß der Einsamkeit nachvollziehen, die einen erfüllen muss, wenn man abends mit dem Gedanken einschläft, dass die liebsten Menschen ringsum bereits von einem gegangen sind.

Aber in den wichtigen Phasen meines Lebens waren auch sie immer da und haben mich diskret begleitet: meine Großeltern und Onkel und Tanten. Die langen Gespräche mit meiner Zia Ave, die wenigen, aber entscheidenden Maximen in unverständlichem Dialekt von Zio Renzo, die Kriegserzählungen meines Großvaters Renzo (die heute allesamt über neunzig sind) und die Gesellschaft von Freunden und Bekannten in fortgeschrittenem Alter haben mich in der Zeit des Heranwachsens stets begleitet und bereichert.

Dieses Buch ist eine ganz persönliche und fantasievolle

Interpretation dessen, was ich an ihrer Seite gesehen, gehört und erlebt habe, und meine Art, mich bei ihnen für ihre wertvolle Anwesenheit zu bedanken.

Ein ganz besonderes Dankeschön gilt meiner Mutter Mara, meiner größten Unterstützerin und unbeugsamen Melderin von Ausrutschern, Ungenauigkeiten und Interpunktionsfehlern, und meinen einstigen Uni-Dozenten Cesare Giacobazzi und Lisa Mazzi, die mich schon nach meinen ersten literarischen Gehübungen angespornt haben weiterzumachen.

Ich danke von Herzen Alberto Nones, Alessandra Spirito, Antonella Sestito, Claudio Cumani, Elena Marmiroli, Alberto Bergamini, Maria Rosaria Corchia, Gabriele Arlotti, Gianni Minelli, die die erste Fassung des Buches mit großem Engagement gelesen und begutachtet haben, und allen Freunden in Italien und München, die mich, auf welche Art auch immer, ermutigt haben; meiner lieben Freundin Maristella Cervi für die tiefgründigen Gespräche über religiöse Themen; Licia Giaquinto, Marco Montemarano und Cristina Cassar Scalia, weil sie sich geduldig meine Zweifel als Anfängerin angehört haben; dem Women Fiction Festival von Matera, das mir in einem unvergleichlich schönen landschaftlichen Rahmen so viele Gefühle ermöglicht hat, und Maria Paola Romeo für die nützlichen Ratschläge.

Zoran: weil er sich meine langen und unbeholfenen Übersetzungen ganzer Kapitel ins Deutsche angehört hat und mich in den Momenten größter Verwirrung unterstützt hat. Ich werde dir ewig dankbar sein.

Gar nicht genug danken kann ich Donatella Minuto, die sofort an diesen Roman geglaubt und ihn bis zur Veröffentlichung gebracht hat. Ihr und Annalisa Lottini mein Manuskript anzuvertrauen, gab mir die wunderbare Gelegenheit, mich zu verbessern. Ich danke allen Mitarbeitern von Giunti, die an dem Buch mitgearbeitet haben.

Als ich von meinem italienischen Verlag informiert wurde, dass carl's books diesen Roman in Deutschland veröffentlichen will, konnte ich es kaum glauben. Ein Traum wurde wahr. Deshalb möchte ich mich von Herzen bei Maren Arzt, der Übersetzerin Anja Nattefort und dem ganzen Team von carl's books bedanken.

Ein herzlicher Dank geht an alle meine Schüler der Münchner Volkshochschule und an meine Freunde Valeria Vairo, Nicole Schumacher, Claudia Bleul, Marco Hein, Alexander Sedlak, Luigi Totaro und Enis Kossentini, die mich mit großem Interesse und liebevollen Ratschlägen bei meinem literarischen Abenteuer in Deutschland begleitet haben.

Antonella Boralevi

Glück à la Carte

Roman 192 Seiten

Aus dem Italienischen von Claudia Franz

Am Abend vor ihrem 47. Geburtstag reist Mirella nach Paris und betritt ein geheimnisvolles Restaurant. Dort erhält jeder Gast eine magische Speisekarte, die nur für ihn bestimmt ist: Anstelle von Gerichten sind die Schlüsselmomente des eigenen Lebens aufgelistet. Mirella durchlebt diese ganz besonderen, oft aber auch schmerzhaften Situationen erneut. Und am Ende – so lautet die Regel – darf sie an einer Stelle ihrem Leben eine neue Wendung geben. Doch welche der vielen nicht gelebten Möglichkeiten soll Mirella ergreifen?

Ein charmanter, kluger Roman über verpasste Chancen und die Suche nach dem Lebensglück.

»Mysteriös, tiefgründig und charmant. Ein Roman, der die Seele beflügelt.«

Madame

www.carlsbooks.de

Katherine Pancol

Muchachas

Bd. 1 Tanz in den Tag 352 Seiten
Bd. 2 Kopfüber ins Leben 352 Seiten
Bd. 3 Nur ein Schritt zum Glück 400 Seiten

Aus dem Französischen von Nathalie Lemmens

In ihrer Trilogie schreibt Katherine Pancol auf ihre unverwechselbare Weise über ein Kaleidoskop von Frauen, die kaum unterschiedlicher sein können, eines aber vereint: Was auch immer geschieht, sie lassen sich nicht unterkriegen. Jede dieser »Muchachas«, wie »junge Frau« auf Spanisch heißt, hat ihre ganz eigene Geschichte und dennoch kreuzen sich ihre Wege immer wieder, und es entsteht ein dichtes Romangeflecht, dessen Sogwirkung sich keine Leserin entziehen kann.

»Niemand sieht Frauen so gut ins Herz wie Katherine Pancol.«
Elle

www.carlsbooks.de